AF376001

LES POÉSIES
DE SAINT-PAVIN

LES UNES REVUES SUR LES ÉDITIONS PRÉCÉDENTES
LES AUTRES PUBLIÉES POUR LA PREMIÈRE FOIS
D'APRÈS
LES MANUSCRITS CONTEMPORAINS

PAR

M. PAULIN PARIS

PARIS
CHEZ J. TECHENER, LIBRAIRE
RUE DE L'ARBRE-SEC, 52.

1861

POÉSIES
DE SAINT-PAVIN

PARIS. — IMPRIMERIE DE A. WITTERSHEIM,
Rue Montmorency, 8.

RECUEIL COMPLET

DES

POÉSIES
DE SAINT-PAVIN

COMPRENANT

TOUTES LES PIÈCES JUSQU'A PRÉSENT CONNUES ET UN
PLUS GRAND NOMBRE DE PIÈCES INÉDITES

PARIS

CHEZ J. TECHENER, LIBRAIRE

RUE DE L'ARBRE-SEC, 52.

1861

AVIS

Il est souvent parlé, dans le cours des Historiettes de Tallemant des Réaux, de Denis Sanguin, sieur de Saint-Pavin. Les Recueils de Sercy conservoient un certain nombre de vers rassemblés plus tard par Saint-Mard, dans la compagnie de ceux de Charleval. J'avois acquis à la vente de M. Monteil un Recueil de poésies diverses, au milieu desquelles se trouvoient celles de Saint-Pavin : en comparant mon manuscrit au volume de Saint-Mard, je reconnus que les pièces inédites s'y trouvoient en plus grand nombre que les pièces jusqu'à présent imprimées, et que plus d'une fois l'inédit valoit pour le moins ce qui avoit cessé de l'être. D'ailleurs mon exemplaire désignoit souvent les personnes pour lesquelles les vers avoient été faits : c'étoit Ninon, Mlle de Scudery, et surtout Mme et

Mme de Sévigné. On sait que le pauvre Saint-Pavin, dont l'agréable tournure d'esprit ne dissimuloit pas assez les défauts corporels, avoit été, tour à tour, amoureux de la mère et de la fille. J'ai donc cru rendre service aux lettres, en rassemblant tous les petits ouvrages d'un ingénieux poëte dont les vers, quels qu'ils soient, disent toujours quelque chose. J'ai distingué les pièces inédites, au nombre de cent dix, de celles qui ne l'étoient pas, au nombre de cinquante-neuf, en me contentant de renvoyer à l'édition la plus complète des œuvres de Saint-Pavin, donnée par Saint-Mard, in-18, Amsterdam (Paris), 1759.

POÉSIES

DE SAINT-PAVIN

SONNETS.

I

Imprimé, p. 33.

Soupir impatient, que protendez-vous faire !
Vous m'irez deceler quand vous serez party.
Iris pourra s'en plaindre ; arrestez, temeraire,
Au moins ne dites pas que j'y ay consenty.

Vous pensez l'attendrir, vous ferez le contraire,
Son orgueil jusqu'icy ne s'est point dementy ;
Mais non, faites du bruit ; si je vous ay fait taire,
Soupir, desjà cent fois je m'en suis repenty.

Sous le nom d'amitié vous osastes paroistre ;
Estes-vous moins hardy quand l'amour vous fait naître !
Il s'explique par vous, faites-vous escouter :

Qui ne perd le respect qu'à force de tendresse
Gagne plus qu'il ne perd auprès d'une maistresse :
Parlez, hasardez tout, il est temps d'esclater.

II

Imprimé, p. 67.

Quand d'un esprit doux et discret
Tousjours l'un à l'autre on defere,
Quand on se cherche sans affaire,
Et qu'ensemble on n'est point distrait ;

Quand on n'eut jamais de secret
Dont on se soit fait un mystere,
Quand on ne songe qu'à se plaire,
Quand on se quitte avec regret ;

Quand, prenant plaisir à s'escrire,
On dit plus qu'on ne pense dire,
Et souvent moins qu'on ne voudroit ;

Qu'appellez-vous cela, la belle !
Entre nous deux, cela s'appelle
S'aimer bien plus que l'on ne croit.

III

Inédit.

On me l'avoit bien dit, qu'on ne peut s'en deffendre ;
Pour elle on n'a pas moins de respect que d'amour,
Son esprit sçait à tout donner un si beau tour
Qu'au premier entretien je me laissai surprendre.

Si je retiens mon feu caché dessous la cendre,
Je ne puis me flatter de la toucher un jour ;
Prétendre hautement de luy faire la cour,
C'est estre peu discret et beaucoup entreprendre.

Ainsy l'ame en desordre, interdit, et confus,

Je veux, et n'ose pas hasarder un refus,
Je languis incertain auprès de cette belle;

Parlez-luy, mes soupirs; non, ne luy dittes rien :
Elle se connoist trop ; Amarante sçait bien
Que sitost qu'on la voit il faut brusler pour elle.

IV

Imprimé, p. 29.

Je ne me plaindrai point, aimable Celimene,
Que vous m'aiez donné de trop severes lois ;
Je cours aveuglement à ma perte certaine,
Ma passion le veut, je fais ce que je dois.

Puisque j'ay consenty que mon ame trop vaine
Se portast hardyment à faire un si beau choix,
Je souffre constamment; trop heureux, dans ma peine,
Si j'osois devant vous soupirer quelquefois.

On donne aux immortels le cœur et la pensée;
De ces mesmes presens vous estes offensée,
Rien ne peut à mes maux vous faire compatir ;

Quoyque vous deffendiez la plainte et l'esperance,
Il est si glorieux d'estre vostre martyr
Que de mourir pour vous tient lieu de recompense.

V

Inédit.

J'ay beau jurer, j'ay beau vous dire
Que vos yeux causent mes tourmens,
Iris, vous ne faites que rire
De ma peine et de mes sermens.

Cependant vous aimez à lire
Les poëtes et les romans,
Et souvent vostre cœur soupire
D'y voir de malheureux amans.

Vous recevez avecques joye
Les romans que je vous envoye,
Et mon billet est rebutté :

Que vous estes peu raisonnable !
Vous estes seule que la fable
Touche plus que la verité.

VI

Inédit.

Je voudrois bien, Iris, cacher que je vous aime,
Le respect me l'ordonne, et toutefois j'ay peur
Que mes tristes soupirs et mon visage blesme
Ne trahissent enfin le secret de mon cœur.

Si vous avez voulu vous consulter vous-mesme,
Vos beaux yeux vous ont dit qu'ils causent ma langueur ;
Ces indiscrets autheurs de mon amour extresme
Vous en ont fait rougir cent fois pour mon malheur.

Vostre orgueil qui n'a pu souffrir mon insolence,
Cherche à se contenter et court à la vengeance :
Vous serez satisfaite, et je seray banny ;

Par mon esloignement il faudra que je meure ;
Ne croiez pas, Iris, que je sois fort puny ;
Quand j'estois prés de vous, je mourois à toute heure.

VII

Inédit.

Cesse de plaindre ma souffrance,
Tirsis, ton desplaisir ne sert
Qu'à donner plus de violence
Au cruel chagrin qui me perd.

Mon mal trompe la connoissance
Du medecin le plus expert;
Il est tout autre qu'on ne pense,
Il est plus grand et plus couvert.

Comme toy la belle Silvie
Fait des vœux au ciel pour ma vie,
Et tesmoigne assez qu'elle craint :

Ma douleur la rend abattue,
Et cette belle qui me plaint
Est la cruelle qui me tue.

VIII

Inédit.

Philis prit d'un chasseur l'habit et l'equipage,
Et fut courre un sanglier qu'elle tint de si prés
Que jamais il ne put eschapper à ses traits ;
Son adresse parut égale à son courage.

Les nymphes de ces lieux qui virent son visage
Soupirerent d'amour pour ses charmants attraits ;
Diane se cacha dans le fond des forests,
Les faunes, les silvains luy rendirent hommage.

Venus, qui le grand bruit de la chasse entendit,

Jetta les yeux sur elle, et des cieux descendit,
La prenant pour celuy qui causa sa tendresse ;

Mais au lieu du garçon qu'elle a tant regretté,
Elle vit que Philis estoit une déesse
Qui venoit luy ravir le prix de la beauté.

IX

Inédit.

Deux braves, mais differemment,
De taille et de mine peu fiere,
A l'envy pressent fortement
Une place sur la frontiere.

Par devant vigoureusement
L'un veut enfoncer la barriere ;
L'autre, attaquant plus finement,
La veut surprendre par derriere.

L'un et l'autre de ces rivaux
Ont si bien poussé leurs travaux,
Qu'elle est en estat de se rendre ;

On dit mesme qu'elle a traité,
Et qu'elle n'a pu se deffendre
D'ouvrir d'un et d'autre costé.

X

Inédit.

Que je cheris ta compagnie,
Tircis, je te cherche en tous lieux,
Tes entretiens capricieux
Font les delices de ma vie.

Avec tout autre je m'ennuye,
Jamais personne ne sceut mieux
Accommoder au serieux
La delicate raillerie.

Quand tu nous parles de la foy,
Ceux qui doutent croient en toy,
Tes raisons nous sont des oracles :

Et si pour les honnestes gens
Il se peut faire des miracles,
C'est de toy que je les attens.

XI

Inédit.

Quand près de moy vous avez cru
Passer pour femme fort modeste,
Vostre esprit s'est un peu deceû,
Caliste, je vous le proteste.

De mesme, quand vous m'eustes veû,
Mon defaut vous fut manifeste ;
Pour faire que j'aye deplu,
Je sçay bien que j'en ay de reste.

Toutefois pour s'entr'obliger
Nos cœurs ont feint de s'engager,
Et le mien invita le vostre :

Nous ne sommes pas malheureux
De nous entretromper tous deux,
Sans nous tromper ny l'un ny l'autre.

XII

Sur la Pucelle (Inédit). (P. 47)

Je vous diray sincerement
Mon sentiment sur la Pucelle :
L'art et la grace naturelle
S'y rencontrent egalement.

Elle s'explique fortement,
Ne dit jamais de bagatelle,
Et toute sa conduite est telle
Qu'il la faut loüer hautement.

Elle est pompeuse, elle est parée,
Sa beauté sera de durée,
 Son eclat peut nous eblouir ;

Mais enfin quoiqu'elle soit belle,
Rarement on ira chez elle,
Quand on voudra se divertir.

XIII

Sur la Pucelle (Inédit).

Tu fais l'entretien des ruelles,
Chapelain, tu t'es attiré,
Par ton livre tant désiré,
Beaucoup d'estime et cent querelles.

Ceux dont les censures cruelles
Injustement t'ont dechiré,
De jalousie ont soupiré
D'y trouver des fautes si belles.

Les grands hommes, dans tous les temps,

Furent en butte aux ignorans,
Nous t'en voions servir de preuve :

Ton docte ouvrage est sans pareil,
Console-toy, mesme il se treuve
Quelque tache dans le soleil.

XIV

Inédit.

Un jour la reine de Cithere
Sans carquois rencontrant son fils,
Luy demanda toute en colere :
« Où sont tes traits ? qui les a pris ? »

Cet enfant qui craignoit sa mere
Luy dit : « Hier, la jeune Iris
» Me les demanda pour en faire
» Une conqueste de haut prix.

» Elle avoit vostre air et vos charmes ;
» Trompé, je luy donnay mes armes,
» J'ay merité vostre couroux ;

» Mais l'erreur est peu criminelle,
» Tout autre la voyant si belle
» L'eust comme moy prise pour vous. »

XV

Pour Mme de Sévigné (Inédit).

Sapho faisant une peinture
De l'héroïne de ce temps,
Croit l'obliger, mais, à mon sens,
Son pinceau luy fait une injure.

Sans doute une vertu si pure
N'est pas matiere de romans,
Pour exprimer ses agremens
L'art baisse et cede à la nature.

De grands eloges entassez
En disent trop et pas assez,
Elle auroit mieux fait de se taire ;

Clarinte a de divins appas,
Et son merite est un mystere
Qu'il faut croire, et n'expliquer pas.

XVI

Inédit.

Ma goute me reprend et ma colique empire :
Je ne puis resister à leurs cruels assaus ;
Je cheris toutesfois ces effroiables maux,
Puisque dans cet estat j'aime, et j'ose le dire.

On reçoit mes billets, je me plains, je soupire,
Amarante me souffre avec tous mes deffaus ;
Je m'en vois mieux traitté que ne sont mes rivaux,
Mais je ne suis heureux qu'au moment où j'empire.

Non, ne vous trompez pas, pensers audacieux ;
Quand vers moy tendrement elle tourne les yeux,
Ce n'est pas mon amour, c'est mon mal qui la touche.

Si j'avois par malheur quelque soulagement,
Vous verriez aussitost que de sa belle bouche
Je receyrois l'arrest de mon bannissement. .

XVII

Inédit.

Quand au rendez-vous qu'on se donne
L'un des amans n'est pas venu,
De peu d'amour on le soupçonne,
S'il ne s'en est pas souvenu.

Malaisement on le pardonne,
Quand une fois on a connu
Que dans l'esprit d'une personne
Ces devoirs ont si peu tenu.

Mon desplaisir seroit extresme
S'il me falloit tout le caresme
Jeusner ainsy les vendredis ;

Par une si dure abstinence
Ce seroit perdre en conscience,
Que de gagner le paradis,

XVIII

Inédit.

Tirsis, je sens à mon dommage
Que nos sens s'emoussent enfin ;
Des plaisirs j'ay perdu l'usage,
Et je n'ay plus le goust si fin.

Les caresses d'un jeune page
Qui me vient trouver le matin,
Ne me touchent pas davantage
Que feroient celles de Catin.

Mon esprit baisse et se relasche,

Rien ne me plaist, rien ne me fasche,
Sans regret je me vois finir :

L'indolence fait mon etude;
Je n'ay pas mesme inquietude
Pour les choses de l'avenir.

XIX

Inédit.

N'attens pas de moy le portrait
Du plus grand heros de nostre age,
Tu vois tous les jours son visage,
Tu sçais s'il est beau, s'il est laid;

Ne vois-tu pas qu'il est bien fait ?
Quel est son esprit, son courage ?
Je ne puis à son avantage
T'en dire plus que l'on n'en sçait.

Tu vois qu'il vit en galant homme
Dans tous les sentimens de Rome,
Pour luy Venus est sans attraits :

Quel emportement a ma muse ?
Tirsis, sans y penser, je fais
Le portrait que je te refuse.

XX

Pour Mme DE SÉVIGNÉ (Inédit).

Quand on dit que Clarinte est belle,
Que son entretien est charmant,
Qu'elle a la grace naturelle,
Que du siecle elle est l'ornement,

Ce grand eloge qu'on fait d'elle
Me donne peu d'estonnement ;
Mais quand on dit qu'elle est fidelle,
Je soupire secretement.

Je vois que son ame engagée
Ne sçauroit estre partagée,
Quoyque je fasse desormais ;

Mon malheur n'est-il pas extresme !
Son merite veut que je l'aime,
Et qu'elle ne m'aime jamais.

XXI

Imprimé, p. 43.

Quittez ceste devote humeur,
Ne faites plus tant la mauvaise ;
A vostre âge sainte Therese
N'offroit pas à Dieu tout son cœur.

A soixante ans un directeur
Presche les gens bien à son aise ;
Vous n'en avez que quinze ou seize,
Trop tost le diable vous fait peur.

Me deffendre que je vous aime,
C'est vous faire tort à vous-mesme ;
Malgré vous je vous aimeray :

Rarement la jeunesse est sage,
Quand vous serez un peu sur l'âge,
Alors je vous obéiray.

XXII

Inédit.

Je suis au desespoir quand vous me reprochez
Que dans ma passion un peu trop je m'emporte ;
Si c'est vous offenser d'en user de la sorte,
Je tiendray desormais mes sentimens cachez.

Du moment que sur vous les yeux sont attachez,
A l'amour, belle Iris, peut-on fermer la'porte ?
Quand on est criminel d'aimer trop, il n'importe,
On fait gloire d'avoir de si nobles pechez.

Il faut bien cependant que ce soit un grand crime ;
De mille desplaisirs on devient la victime,
Si tost qu'à vous servir on s'est abandonné ;

Un crime envers les dieux quelquefois se pardonne,
J'ay peché contre vous, je seray condamné :
On ne vous vit jamais faire grace à personne.

XXIII

Imprimé, p. 60.

Iris, je vous aime, on le sçait,
Vostre rigueur continuelle
Me force d'estre peu discret :
Je me suis plaint, plaignez-vous d'elle.

Ne blasmez point ce que j'ay fait,
D'une amour si pure et si belle
On peut descouvrir le secret,
Sans vous faire voir criminelle.

Cependant un parent jaloux,

Qui voit les soins que j'ay pour vous,
En juge mal, et se meconte :

Je sçay qu'il n'en parle pas bien,
Mais la medisance, à ma honte,
Est plus discrete, et n'en dit rien.

XXIV

Imprimé, p. 38.

Cléon, faux en tout ce qu'il fait,
Chez les beuveurs à toute outrance
Fait le sobre, et du peu qu'il sçait
Fatigue toute l'assistance.

A table, ailleurs, quand on le met
Sur quelque haut point de science,
En homme prudent il se taist,
Et prend du vin en abondance.

On juge à peine ce qu'il est,
Chaque jour selon qu'il luy plaist
Il prend differente figure :

Son foible ne m'est point caché :
Il est adroit dans l'imposture,
Mais ny sçavant, ny desbauché.

XXV

Imprimé, p. 54.

N'escoutez qu'une passion,
Deux ensemble c'est raillerie,
Souffrez moins la galanterie,
Ou quittez la devotion.

Par tant de contradiction
Vostre conduite se decrie,
Avec moins de bizarrerie
Suivez vostre inclination.

Iris, chacun se met en peine
De vous voir tousjours incertaine
Sans sçavoir à quoy vous former;

Vous finirez comme une sotte,
Vous ne serez jamais devote,
Vous ne pourez jamais aimer.

XXVI

Inédit.

Iris, triste et chagrine en son lit retenüe,
Me contoit l'autre jour ses maux les plus pressans.
Ah ! que je fus touché de voir ses jeunes ans
Menacés d'une fin qui m'estoit imprevüe.

Ma tendresse luy plut, et son ame abatüe,
Jusques-là peu sensible aux peines que je sens,
Me laissa rencontrer dans ses yeux languissans
La pitié que j'avois si longtemps attendue.

A travers ma douleur je fis luire mon feu,
La belle s'en plaignit, et me plaignit un peu,
Incertaine et n'osant l'allumer ny l'esteindre;

Nos cœurs sans s'esclaircir prirent croiance entre eux,
Sitost qu'elle me plaint, je ne suis guere à plaindre,
Quand on se plaint ensemble on n'est pas malheureux.

XXVII

Inédit.

Pourquoy venez-vous en ce lieu
Importuner nostre madone?
A quoy pour vous est-elle bonne !
Vous estes si bien avec Dieu !

Qu'est-il arrivé depuis peu?
Je sais que vous n'aimez personne :
Le directeur qui vous talonne
Vous force-t-il d'en faire un veu?

Ce fameux medecin des belles
N'a l'emetique que pour celles
Qui vivent libertinement;

Vostre vertu le desespere,
Se confesser et ne rien faire,
C'est abuser du sacrement.

XXVIII

Imprimé, p. 64.

Iris, quel subit changement!
Je vous aimois sans vous deplaire,
Et par l'ordre de vostre mere
Vous escoutez un autre amant.

Donnerez-vous vostre agrement
En faveur de ce temeraire?
Ce que mon amour n'a pu faire
L'obtiendra-t-il du sacrement?

Mais quoy, vous y serez forcée,

Souffrez que mon ame offensée
Se vange au moins de cet epoux ;

Que son bonheur luy soit funeste !
J'en seray peut-estre jaloux ;
Vous pourriez bien faire le reste.

XXIX.

Imprimé, p. 46.

Belle Iris, je suis aux abois ;
Helas ! qu'estes-vous devenüe ?
Je vous aime autant que je dois,
Et vostre absence continüe.

Sans m'avoir escrit une fois,
Depuis que je vous ay veüe,
Vous avez passé plus d'un mois :
Demandez-vous ce qui me tüe ?

Plein de langueur, je vous attens ;
Pourez-vous souffrir plus longtemps
Qu'en ce triste estat je demeure ?

Que mes rivaux seront heureux !
Si vous tardez encore une heure,
Vous ne reviendrez que pour eux.

XXX.

Inédit.

Deux belles s'aiment tendrement,
L'une pour l'autre s'interesse,
Et du mesme trait qui les blesse
Elles souffrent egalement.

Sans se plaindre de leur tourment,
Toutes deux soupirent sans cesse,
Tantost l'amant est la maistresse,
Tantost la maistresse est l'amant.

Quoy qu'elles fassent pour se plaire,
Leur cœur ne se peut satisfaire,
Elles perdent leurs plus beaux jours;

Ces innocentes qui s'abusent
Cherchent en vain dans leurs amours
Les plaisirs qu'elles nous refusent.

XXXI.

Imprimé, p. 32.

Tel que vostre humeur le souhaite,
Un bon homme estoit vostre amant ;
Il vous servoit fidelement,
Sa flame estoit pure et discrette :

Vous allez en estre defaite,
Vostre cruel eloignement
Va mettre dans le monument
Et son amour et sa lunette.

Amarante, ne tirez pas
Avantage de son trespas,
Peu de gloire vous en demeure :

Vostre départ le fait perir,
Mais en le differant d'une heure,
De vieillesse il alloit mourir.

XXXII.

Imprimé, p. 63.

Iris a la taille mignonne,
L'air noble et le beau tour d'esprit,
L'on ne voit rien de mieux escrit
Que ce que sa plume nous donne.

Elle est genereuse, elle est bonne,
Modeste en tout ce qu'elle dit ;
La vertu jamais ne se fit
Plus respecter qu'en sa personne.

Parmy tous ces talents si beaux
Elle se cherche des défauts,
Et souvent mesdit d'elle-mesme ;

On n'y trouve rien à blasmer,
Chascun l'admire, chascun l'aime,
Elle seule ne peut s'aimer.

XXXIII.

Inédit.

Iris qui m'escrivoit sans cesse
Vit avec moy tout autrement,
Est-ce negligence ou paresse,
Qui fait naistre ce changement ?

Est-ce qu'elle a moins de tendresse ?
Est-ce caprice seulement ?
Est-ce fierté, mepris, adresse ?
Est-ce un nouvel engagement ?

Est-ce chagrin ? est-ce colere ?

Est-elle lasse de me plaire!
Est-ce qu'elle veut m'oublier!

C'est tout ensemble, plus j'y pense :
Ce qu'elle n'ose publier,
Elle le dit par son silence.

XXXIV.

Pour Mme de Sévigné (Imprimé, p. 27).

Clarinte à qui toute la Cour
Rend un respectueux hommage.
Des plus illustres de nostre age
Reçoit des billets chaque jour.

Qu'ils soient ou d'intrigue ou d'amour,
Jamais la belle ne s'engage,
Et ne leur donne autre avantage
Que de les lire tour à tour.

Quelquefois elle prend la plume ;
On croiroit, selon la coustume,
Qu'elle rend billet pour billet :

A toute autre chose elle pense ;
Veut-on sçavoir ce qu'elle fait!
Elle n'escrit que sa despense.

XXXV.

Inédit.

Jeune Iris, si vous estiez sage,
Vous seriez riche à bon marché,
On n'est jamais gueuse à vostre age,
Vous avez un tresor caché.

Ce vous est un grand avantage
Qu'à ce bien l'on n'ait point touché ;
Mais ne le pas mettre en usage,
Croiez-moy, c'est un grand peché.

La nature qui vous le donne
Veut qu'on s'en serve, amour l'ordonne,
Il faut leur obéir enfin :

Jamais trop tost on ne l'employe :
Ce qui ne se perd qu'avec joye
Ne se garde qu'avec chagrin.

XXXVI.

Inédit.

Non, Caliste n'est plus le sujet de mes feux,
Son extresme rigueur en est seule coupable ;
Avec moins de fierté Daphné reçoit mes vœux,
Et mes yeux jusqu'icy n'ont rien veû de semblable.

Elle est jeune, elle est belle, et peut me rendre heureux ;
Mais, helas ! pour joüir d'un bien si desirable,
Mon corps et mon esprit s'accordent mal entre eux,
De tout ce que l'un veut l'autre n'est plus capable.

Dans le fameux desordre où me jettent mes sens,
Je crains de posseder le bien que je pretens,
La dois-je souhaiter favorable ou cruelle ?

Ne luy demandons rien de peur de l'obtenir,
Aimons-la constamment et seulement pour elle,
Et laissons à l'amour à regler l'avenir.

XXXVII.

Imprimé, p. 44.

Iris, ainsy que les novices,
Croit tout avec simplicité,
Fuit les plaisirs comme des vices
Qui sentent la fragilité.

Jamais des amoureux caprices
Son esprit ne fut agité,
Les soins, les respécts, les services,
N'ébranlent point sa fermeté.

Sa vertu partout est connüe,
Mais j'en doute, après l'avoir veüe
Pleurer aux pieds d'un confesseur :

De quoy se repent ceste belle ?
C'est asseurement que son cœur
N'est pas bien d'accord avec elle.

XXXVIII.

Inédit.

Peux-tu bien tarder un moment !
Reviens accomplir ta promesse ;
Chascun sçait combien ta paresse
Me vole de contentement.

O dieux ! qui voiez mon tourment
Dans l'attente de ma déesse,
Hastez le temps, qui de vieillesse
Marche à mon gré trop lentement.

Les heures me sont des journées,

Les jours me durent des années ;
Attendant trois mois son retour,

J'ay passé cent ans de ma vie :
Et toutesfois, je meurs, Silvie,
Moins de vieillesse que d'amour.

XXXIX. (BOUTS RIMÉS.)
Inédit.

Caché sous un auvent où j'ay passé la nuict,
N'ayant pour matelas que trois cordons de natte,
Au milieu des chevaux, des carosses, du bruit,
D'une main je t'escris, de l'autre je me gratte.

J'ay perdu mes souliers, mon chapeau, mon habit,
Il faut par tout Paris que mon malheur esclatte :
Je n'ay pas un teston, et l'espoir du credit
Ne me sçauroit flatter d'une vieille savatte.

Les quinze-dessus dix, les pics et les capots,
Après m'avoir osté le bien et le repos,
M'exposent en public pour but à la misere ;

Et ce qui plus me pique en mes ressentimens,
C'est qu'il me reste encore à peine des sermens
Dont je puisse esclater au fort de ma colere.

XL. (BOUTS RIMÉS.)
Inédit.

Trois jeunes hommes de Paris,
De bonne et de mauvaise taille,
Se trouvant sans denier ny maille,
Cherchent de l'argent à tout prix.

Pour leur caution ils ont pris
Un vendeur d'huistres à l'escaille,
Et pour nantissement on baille
Un castor noir, presque tout gris.

Bissestre, belle metairie,
Leur part en la Conciergerie,
Est un hypoteque très-bon :

Ces trois messieurs fort à leur aise,
Si vous voulez, au denier seize
S'obligeront *in solidum*.

XLI.

Imprimé, p. 14.

La fortune qui me maltraitte,
Ne bornera jamais son cours :
Et les araignes tous les jours
Font leurs toiles dans ma pochette.

Ma garderobe est tantost nette,
Je n'ay plus d'habit de velours ;
Mes chevaux ressemblent des ours,
Mon carosse devient charette.

Mes laquais tirent à la fin,
Et ce qui restoit de mon train
A pris congé pour recompense :

Enfin, hors ceux à qui je dois,
On ne voit point d'hermite en France
Qui soit moins visité que moy.

XLII.

Imprimé, p. 15.

Sans ressource à ce coup le malheur me terrasse ;
Je vois bien, mais trop tard, que le jeu m'est fatal :
Je ne puis resister à mon destin brutal,
Chers amis, c'en est fait, il faut quitter la place.

Au moins souvenez-vous que j'ay frayé la trace
Par où les gens de bien s'en vont à l'hospital :
Qui sçait bien despenser et n'emprunte pas mal
Ne doit pas s'affliger de porter la besace.

Je ne suis plus nourry que par mes creanciers,
Qui taschent, pour tirer payment de leurs deniers,
De me faire survivre à tous ceux dont j'herite :

Que mes jours sont suivis d'une bizare fin !
Les dettes me font vivre, et quand je seray quitte,
Je prevois qu'il faudra que je meure de faim !

XLIII.

Sur l'Abbé de Fiesque (Imprimé, p. 75).

Abbé, vous avez la naissance,
La bonne mine, et l'air des grands :
Ces avantages apparents
Cachent un peu d'insuffisance ;
Mais la longue perseverance
A ne rien dire de bon sens
Fait enfin descourrir les gens :
Vous devez garder le silence.

Pour rendre parfait vostre corps

Nature fit tous ses efforts,
Et se donna tant d'avantage,

Que celuy qui forma l'esprit
En fut jaloux, et de despit
Refusa d'achever l'ouvrage.

XLIV.

Inédit.

Amarante, dans un ouvrage
Fait pour Boissat nommé l'Esprit,
Sur les plus sçavans de nostre age
L'art de bien escripre encherit.

J'estime encore davantage
Les vers que pour Flore elle escrit,
Ils sont plus selon mon usage,
J'aime les douceurs qu'elle y dit ;

Tous deux, l'ame assez raisonnable,
Nous courtisons nostre semblable,
N'aimant le reste qu'à demy :

Sans l'accuser d'une infamie,
J'escris souvent à mon amy
Comme elle escript à son amie.

XLV.

Inédit.

Ne faites point tant la cruelle ;
Vostre froideur hier me surprit,
Iris, si vous passez pour belle,
Je passe pour homme d'esprit.

Tousjours vous ne serez pas telle,
Vostre fleur desjà se flestrit,
Et l'on verra durer plus qu'elle
Les sonnets que ma plume escrit.

Du moins je vois la chose egale.
Il est vray que fort liberale
Vous m'avez donné de l'amour ;

Je m'en tiens vostre redevable,
Rendez-vous un peu plus traitable :
Je pourray m'acquiter un jour.

XLVI.

Imprimé, p. 40.

Tout le monde sçait que je t'aime,
Je te l'ay dit ; si tu le crois,
La justice que tu me dois
T'engage à me traitter de mesme.

Mes soupirs, mon visage blesme,
Les tristes accents de ma voix,
Ne te parlent tous à la fois
Que de ma passion extresme.

As-tu besoin d'autres tesmoins ?
Regarde mes respects, mes soins :
N'en est-ce pas assez, Climene !

Veux-tu m'obliger à mourir !
Ne va pas si viste, inhumaine,
Je ne suis pas las de souffrir.

XLVII.

Imprimé, p. 56.

Calisto, vos rigueurs ont lassé ma constance,
J'ay peine à me connoistre en l'estat où je suis,
Sans beaucoup de chagrin je souffre vostre absence,
Et loin de vous chercher, cruelle ! je vous fuis.

Je ne regarde plus qu'avec indifférence
Ce qui fit autrefois ma joie et mes ennuys
Au repos de mon cœur incessamment je pense,
Et pour me l'assurer je fais ce que je puis.

Des folles passions mon esprit se degage,
Les plaisirs que je prens ont rapport à mon age,
Et les plus innocents sont pour moy les plus doux :

Je ne soupire plus au moins pour une ingrate,
Mais de quelque douceur dont mon ame se flatte,
Je vivois plus heureux quand je mourois pour vous.

XLVIII.

A Ninon de Lenclos (Imprimé, p. 66).

Je commence à vous mescognoistre,
Vous me fuiez, ingrate ; hé quoy !
Vostre cœur si tendre, pour moy
Seul pourroit-il ne le pas estre !

Je crains bien que ce petit traistre
Ne m'ait desjà manqué de foy,
On le croit souvent tout à soy,
Qu'on n'en est pas longtemps le maistre.

Le changement vous est si doux,

Que quand on est bien avec vous,
On n'ose s'en donner la gloire;

Celui qui peut vous arrester
A si peu de temps pour le croire,
Qu'il n'en a pas pour s'en vanter.

XLIX.

Imprimé, p. 61.

Il ne faut point tant de mistere,
Rompons, Philis, j'en suis d'accord :
Je vous aimois, vous m'aimiez fort,
Cela n'est plus, sortons d'affaire.

Un viel amour ne sçauroit plaire,
On voudroit qu'il fust desjà mort,
Quand il languit et qu'il s'endort,
Il est permis de s'en deffaire.

Ce n'est plus que dans les romans
Qu'on voit de fideles amans :
L'inconstance est plus en usage.

Si je vous quitte le dernier,
N'en tirez pas grand avantage,
Je fus desgousté le premier.

L.

Pour Mme de Sévigné (Imprimé, p. 76).

Quand on dispute de l'age
Des plus aimables du temps,
Pour Clarinte on se partage,
Sitost qu'elle est sur les rangs.

L'un dit qu'elle a le visage
D'une fille de quinze ans,
L'autre luy croit davantage,
A luy voir tant de bon sens.

Sans decider la querelle,
Rendons justice à la belle,
Traitons-la comme les dieux :

On les sert, on les adore,
Et l'on ne sçait pas encore
S'ils sont ou jeunes ou vieux.

LI.

Imprimé, p. 41.

Aimer avec attachement
Est tousjours d'une ame petite,
La defiance du merite
Fait la constance d'un amant.

L'amour craint tout engagement,
Il ne peut souffrir de limite,
Qui veut le captiver, l'irrite ;
Il ne se plaist qu'au changement.

Ce tyran, sans choix de personne,
Aspire à plus d'une couronne,
Et veut joüir du bien d'autruy :

Ce qu'il possede l'importune,
Il ne met sa bonne fortune
Qu'en tout ce qui n'est point à luy.

LII.

Imprimé, p. 53.

Amans, qui vous plaignez sans cesse
De trouver peu de seureté
Dans les faveurs d'une maistresse
Qui de tout temps a coqueté,

Sçachez qu'un plus grand mal me presse :
Je sers une injuste beauté
De qui mes soins et ma tendresse
Jusqu'icy n'ont rien merité.

Pour tous egalement cruelle,
Je ne puis rien esperer d'elle
Qui flatte un peu ma vanité;

Trop heureux si, l'aiant servie,
Je pourois en toute ma vie
L'accuser d'infidelité.

LIII.

Imprimé, p. 72.

Changez l'air de vostre entretien,
Ou permettez que je vous quitte ;
La fade complaisance irrite,
Sourire à tout, n'oblige en rien.

Egalement dire du bien
D'une chose bien ou mal dite,
Pour establir votre merite
Me paroist un foible moïen.

C'est toutesfois vostre methode ;
Il n'est rien de plus incommode
Qu'une loüange à contretemps :

J'aime beaucoup mieux qu'on me fronde ;
Qui tasche a plaire à tout le monde
Ne plaist guere aux honnestes gens.

LIV.

Contre Despreaux (Imprimé, p. 58).

Silvandre monté sur Parnasse,
Avant que personne en sceust rien,
Trouva Regnier avec Horace,
Et rechercha leur entretien.

Sans choix et de mauvaise grace,
Il pilla presque tout leur bien ;
Il s'en servit avec audace,
Et s'en para comme du sien.

Jaloux des plus fameux poëtes,
Dans ses satyres indiscretes
Il choque leur gloire aujourd'huy ;

En verité, je luy pardonne,
S'il n'eust mal parlé de personne,
On n'eust jamais parlé de luy.

LV.

Au Roi (Inédit).

Acheve d'abattre l'Espagne,
Suivy de tes fameux guerriers,

Dans la Flandre prens tes quartiers,
A la honte de l'Allemagne,

La victoire qui t'accompagne
Te cueille partout des lauriers,
Ce que n'ont pu tes devanciers
Tu l'as fait dans une campagne.

L'Anglois, au bruit de tes hauts faits,
Tremblant, te demande la paix
Sitost qu'au combat tu t'apprestes;

Dans l'Europe tout est soumis;
Si tu veux pousser tes conquestes,
Fay-toy de nouveaux ennemis.

L VI.

Pour le Roy (Inédit).

Alertes, messieurs les poëtes,
Le roy doit arriver demain;
La victoire, au bruit des trompettes,
Le rameine dans Saint-Germain.

Il faut, paresseux que vous estes,
Graver sur le marbre et l'airain
Cent belles choses qu'il a faittes,
Et toutes l'espée à la main.

Il fera bien d'autres conquestes,
Tenez des rimes tousjours prestes,
De vostre honneur soiez jaloux :

A la teste de son armée,
Il fait marcher la Renommée;
Elle ira plus viste que vous

LVII.

Inédit.

Bannissons de nostre memoire
Les heros des siecles passez,
Dans le temple de la Victoire
Leurs grands noms sont presque effacez.

Avec audace dans l'histoire
Ces demy-dieux s'estoient placez,
Mais Louis, tout couvert de gloire,
Les en aura bientost chassez.

L'Europe pour luy trop petite
Ne pourra servir de limite
A ses ambitieux projets ;

Il ne sçauroit se satisfaire
Qu'il n'acheve, par ses hauts faits,
Tout ce qui leur restoit à faire.

LVIII.

Imprimé, p. 30.

D'une troupe de jeunes fous
Iris se trouvant accablée,
Pour guerir mon esprit jaloux
Chez elle aux champs s'en est allée.

Ce depart, qui les surprit tous,
Rassura mon ame troublée,
Mais, absent d'un objet si doux,
Je sens ma peine redoublée.

Seul coupable de tous mes maux,

En me vengeant de mes rivaux,
Je me suis vengé sur moy-mesme :

Mes plus doux plaisirs sont perdus ;
Elle fait bien voir qu'elle m'aime,
Mais, helas ! je ne la vois plus.

LIX.

Imprimé, p. 26.

Je sers une ingratte maistresse
Qui tous les jours change d'humeur ;
Elle m'avoit promis son cœur,
Et n'a pas tenu sa promesse.

Pour mon rival elle s'empresse,
Partout elle s'en fait honneur ;
Elle m'ecoute avec froideur,
Et respond mal à ma tendresse.

Ce procédé capricieux
Me fait enfin ouvrir les yeux,
Je vois qu'elle m'est infidelle :

Ces mesmes yeux, sans me guerir,
Me disent aussy qu'elle est belle,
Et c'est ce qui me fait mourir.

LX.

Inédit.

Vostre grossesse est trop certaine,
Avouez-le sans hesiter ;
Vostre taille et vostre air, Climene,
Ne permettent plus d'en douter.

No vous mettez jamais en peine
Du fruit que vous devez porter,
Vous fustes tousjours inhumaine
A qui voulut vous en conter.

Voyant que vous n'aimiez personne,
Un follet, Dieu vous le pardonne,
Sans doute en dormant vous surprit ;

Vous n'aurez masle ny femelle,
A vostre epoux tousjours fidelle,
Vous accoucherez d'un esprit.

L X I.

Inédit.

Mon amour est desraisonnable,
Iris, vous le devez bannir ;
Vous ne sçauriez trop le punir,
C'est un enfant insupportable.

Il vous tourmente, il vous accable,
Il veut seul vous entretenir ;
Vous ne sçauriez trop le punir,
S'il ne vous voit, il fait le diable.

Quoyqu'il vous ait cent fois promis
Qu'il seroit discret et soumis,
Il vous a manqué de parole :

Il faut le traitter sans pitié ;
Croïez-moy, c'est un petit drole
Qui ne fait rien par amitié.

LXII.

Inédit.

Iris, qu'autrefois à vous voir
Je passois de douces journées !
Que dans ces heures fortunées
Vos beaux yeux flattoient mon espoir !

Malheureux ! devois-je prevoir
Que mes cruelles destinées
De tant d'esperances données
Quelque jour me feroient deschoir ?

Où sont les sermens, les promesses
Qui m'assuroient de vos tendresses,
Hélas ! que sont-ils devenus ?

Cependant, aimable infidelle,
Vous estes la moins criminelle :
Je vis, et vous ne m'aimez plus.

MADRIGAUX.

I.

Inédit.

Belle Iris, toutes vos bontez,
Vos egards, vostre confiance,
Bien loin de flatter ma souffrance,
Me passent pour des cruautez :
Les amitiez les plus estroittes

Se content pour rien aujourd'huy,
L'amour n'a point de part en tout ce que vous faittes.
Et peut-on bien aimer sans luy!

II.

Inédit.

Mon cher Tirsis, vous presumez
Un peu trop de vostre science,
Les fautes dont vous nous blasmez
Ont plus de grace qu'on ne pense ;
C'est quelque chose et ce n'est rien.
Mais laissez là vostre ferule ;
Montmort, qui fut un ridicule,
Passoit pour bon grammairien.

III.

Inédit.

Tirsis, deux filles de merite
Hier me firent une visite,
L'une me baisa sans façon,
L'autre me parut toute esmüe,
Et honteuse, baissant la veüe,
Ne me donna que le menton.
Quel sentiment seroit le vostre!
Leur baiser me fut-il egal!
Celle qui baisa le plus mal,
A mon gré, baisa mieux que l'autre.

IV.

Imprimé, p. 34.

Si, quand vous partez de ce lieu,

Je ne vais pas vous dire adieu,
Il ne faut pas qu'on s'en estonne :
De la façon que je suis fait,
Je m'acquitte mieux par billet
Que je ne puis faire en personne.

V.

Inédit.

Pour quelques legeres douleurs
Dont je ne me plaignis qu'à peine,
Un jour auprès de moy je vis verser des pleurs
A la jeune et fiere Climene.
Lors je luy dis en soupirant :
Si je souffrois pour vous quelque mal bien plus grand,
Y pourriez-vous estre sensible ?
La belle changea de couleur.
Hélas ! seroit-il bien possible
Que son emotion eust esté jusqu'au cœur !

VI.

Inédit.

Avec quelque chaleur d'esprit
Un jour Catin et moy nous nous dismes cent choses,
L'amour ensemble nous surprit,
Et les lis de Catin se changerent en roses ;
Ses yeux s'allumerent un peu,
Et les miens languissans tesmoignerent mon feu ;
Nous demeurasmes sans rien dire,
Egallement embarrassez :
Quand l'un rougit, et que l'autre soupire,
Sans parler on s'explique assez.

VII.

Inédit.

Caliste a tous les agrémens
Qu'il faut pour faire une maîtresse,
Elle a l'esprit et la jeunesse,
L'air galant et les yeux charmans.
Mais si l'on croit la renommée,
La belle va fort à ses fins,
Elle seroit bien moins aimée
Si l'on prenoit garde à ses mains.

VIII.

Imprimé p. 55.

Quoyque la jeune Iris dans son lit retenüe
Languisse et souffre nuict et jour,
Et que sa beauté diminue,
Sans nous flatter d'un prompt retour,
Amans, qui la plaignez dans cest estat funeste,
Ne craignez rien pour ses appas,
Elle en aura tousjours de reste ;
Tremblez pour ses rigueurs qui ne finiront pas.

IX.

Inédit.

Iris, je suis au desespoir
Que dans mes yeux vous puissiez voir
Mes passions les plus secrettes ;
Je veux l'empescher, je ne puis,
Ils me disent ce que vous estes,
Ils me disent ce que je suis.

X.

Inédit.

Caliste, que vous estes belle,
    Que vous avez les yeux charmans !
    Toutes les graces en querelle
Disputent à qui plus vous donnera d'amans.
        Ces déesses interessées
        A se faire valoir par vous,
        Ne se trouvent jamais lassées
        De vous faire sentir leurs coups ;
        Et, par un dessein tout contraire,
        Peu liberales envers nous,
Ne nous mettent jamais en estat de vous plaire.

XI.

Imprimé, p. 45.

Caliste, sans dessein de faire des amans,
        Laisse aller ses regards charmans
Qui coustent à nos cœurs des blessures mortelles ;
        Et quand on ose souspirer,
        On s'attire mille querelles,
La belle s'en offense et ne peut l'endurer.
        Sommes-nous plus coupables qu'elle ?
        Si l'on en juge de bon sens,
        Son innocence est criminelle
        Et nos crimes sont innocens.

XII.

Inédit.

Estre sans cesse dans l'eglise,

Passer de couvent en couvent,
Et tesmoigner estre surprise
De ne me plus voir si souvent,
C'est bien injustement me faire une querelle :
Ma passion merite un traitement plus doux ;
   Pensez à la vie eternelle,
   Et me laissez damner pour vous.

XIII.

Inédit.

   L'autre jour Tircis rencontra
   Quelques sonnets dessus ma table ;
   Il en prit un qu'il vous monstra,
   Force gens le trouvoient passable.
Il s'y trompa comme eux, et ne put vous tromper ;
A vos yeux penetrans rien ne peut eschapper :
Le defaut leur parut, ils me furent severes.
   Mais le moïen de se vanger !
Vos escrits achevez sont comme les misteres,
   C'est un crime d'y rien changer.

XIV.

Au cardinal Mazarin. — Inédit.

   Quand on pense aux longues fatigues
   Que te donnerent les intrigues
De tant d'ingrats contre toy mutinez ;
Quand nous voïons à tes pieds les couronnes
Te demander la paix que tu leur donnes ;
Quand tu nous rends nos princes esloignez ;
   Jule, tout le monde t'admire,
On plaint tes maux, on vante tes bontez,

Et parlant de toy l'on peut dire :
Il a souffert, et nous a rachetez.

XV.

Imprimé, p. 31.

Que mon esprit est agité !
Le retour de vostre santé
Vous fera partir tout à l'heure.
Hélas ! que dois-je souhaiter ?
Ne sçauriez-vous vous bien porter,
Sans faire aussytost que je meure !

XVI.

Sur Chapelain. — Inédit.

J'ay vu ce qu'a fait Saint-Germain
Sur la paix et le mariage ;
Cette ode est toute de la main
Dont il traça son grand ouvrage.
Partout on le trouve sçavant,
Et toutefois assez souvent
On critique sa poésie ;
Il escriroit plus à souhait
S'il oublioit une partie
De cent belles choses qu'il sçait.

XVII.

A Monsieur le Prince. — Inédit.

Quand on parle de vos exploits
Et dans l'amour et dans la guerre,
On vous compare quelquefois
A celuy qui donna des lois

Au maistre de toute la terre.
De vostre honneur je suis jaloux.
Ce parallele me fait peine :
Cesar, à le dire entre nous,
Fut bien aussy galant que vous,
Mais jamais si grand capitaine.

XVIII.

Inédit.

Seigneur, que vos bontez sont grandes
De nous escouter de si hault,
On vous fait diverses demandes,
Seul vous sçavez ce qu'il nous fault.
Je suis honteux de mes foiblesses ;
Pour les hônneurs, pour les richesses.
Je vous importunay jadis ;
J'y renonce, je le proteste,
Multipliez les vendredis,
Je vous quitte de tout le reste.

XIX.

Imprimé, p. 78.

Mon medecin, chaque jour,
Sachant que je meurs d'amour
Pour la petite Silvie,
Me dit que, si je la vois
En un mois plus d'une fois,
Il m'en coustera la vie.
Je me suis mal menagé,
Vivant au jour la journée,

En quatre jours j'ay mangé
Les douze mois de l'année.

XX.

Imprimé, p. 57.

Iris tremble qu'au premier jour
L'himen, plus puissant que l'amour,
N'enleve ses tresors sans qu'elle ose s'en plaindre.
Elle a negligé mes avis ;
Si la belle les eust suivis,
Elle n'auroit plus rien à craindre,

XXI.

Inédit.

Ne me demandez point en quel estat je vis,
Nos deux temperamens sont d'une mesme sorte ;
Tastez-vous le pouls, belle Iris,
Vous sçaurez comment je me porte.

XXII.

Inédit.

Plus resigné qu'un capucin,
Le front tout barbouillé de cendre,
Je vous fais part de mon dessein,
Il doibt sans doute vous surprendre :
Je ne veux plus penser à rien
Qu'à devenir homme de bien ;
J'aspire à la vie éternelle.
Insensé ! Qu'est-ce que je dis ?

Iris, si vous m'estes fidelle
Ne suis-je pas en paradis !

XXIII.

Inédit.

Je sçay que mon nom est celuy
Du saint qu'on celebre aujourd'huy,
Et ce qu'un bouquet me demande ;
Mais sçachez qu'à de vieux perclus
On ne doibt point faire d'offrande :
Ce sont des saints que l'on ne feste plus.

XXIV.

Imprimé, p. 39.

Qu'on a de peine à se guerir
D'une amoureuse frenesie !
En vain, quand l'âme en est saisie,
La raison vient la secourir.
Elle a beau conter et nous dire
Qu'un sage jamais ne soupire,
Les amans en font peu de cas.
Ce mal est grand, il est à craindre ;
Mais je trouve bien plus à plaindre
Celuy qui ne le souffre pas.

XXV.

Imprimé, p. 65.

Tes billets me rendent confus,
Je n'y trouve point de quoy rire ;
Mon cher Damon, ne m'escris plus,
On enrage quand on admire.

STANCES.

I.

Inédit.

Iris, que les cloches me plaisent !
Que j'aime leurs tristes accords !
Il faut que tous les luts se taisent
Quand elles sonnent pour les morts.
Loin que ma bile s'en allume,
Je ris de ceux qui par coustume
Plaignent des gens ensevelis ;
On dit pour eux cent patenostres :
Et ce qui fait pleurer les autres,
Me rappelle, au moins, que je vis.

Une douce melancolie
Assoupit peu à peu mes sens,
Tous mes esprits sont languissants,
Moy-mesme presque je m'oublie.
Mon cœur alors est sans desirs,
Je n'ay ny chagrins ny plaisirs,
Je sens mon ame appesantie ;
Dans l'indolence elle s'endort,
Et je n'ay pour marque de vie
Que celle de n'estre pas mort.

Sur ce sujet qu'il vous souvienne
Qu'un jour vous me dites chez vous
Que vostre humeur estoit la mienne,

Que nous avions les mêmes gousts.
Selon vos manieres, je pense,
Que c'estoit plus par complaisance
Que ce n'estoit de bonne foy :
Ayons rapport en autre chose,
Il faut qu'amour vous le propose,
Je n'ose pas vous dire en quoy.

II.

Inédit.

La jeune Iris n'a de soucy
Que pour le jeu du reversy.
De son cœur il s'est rendu maistre.
A voir tout le plaisir qu'elle a
Quand elle tient un quinola,
Heureux celuy qui pourroit l'estre !

Elle fait des vœux pour l'avoir,
Sitost qu'il est en son pouvoir,
On la voit rire et pasmer d'aise ;
Elle le baise, elle en fait cas,
Et l'innocente ne sçait pas
Que c'est un valet qu'elle baise.

Il en est mieux receu qu'un roy,
Cependant s'il vient seul, je voy
Qu'elle en rougit et se chagrine,
Et tousjours jalouse de luy,
Elle temoisgne de l'ennuy
Sitost qu'il est chez sa voisine.

Alors il se cache, il la fuit,
Par vengeance elle le poursuit

Et le force avant qu'il se donne ;
Mais quand il rentre en son devoir,
Trop heureuse de le revoir,
Elle le flatte et luy pardonne.

Son cœur doibt-il nous eschapper !
Amour, fais pour la destromper
Qu'elle ait d'autres amans en foule ;
La belle au change gagnera,
Le frippon ne luy donnera
Tout au plus jamais qu'une poule.

III.

A Mademoiselle de Sévigné. — Inédit.

Iris, qu'estes-vous devenue !
En vous perdant je perds de veüe
Mes plaisirs qui sont les plus doux ;
Prenez garde à ce que vous faites,
Et sçachez que je suis jaloux ;
Je ne suis pas moins où vous estes
Que quand j'estois auprès de vous.

Vostre santé mal asseurée
Vous a d'avec nous separée,
Je compastis à vostre mal ;
Donnez à ma longue souffrance
Un sentiment qui soit egal,
Et ne souffrez point que l'absence
Me puisse couster un rival.

Je redoute vostre merite,
Plus il est grand, plus il m'agite

Et tient mon esprit alarmé;
Un cœur noble comme le vostre
Se rend si digne d'estre aimé
Que je tremble tousjours qu'un autre
Autant que moy n'en soit charmé.

Pour flatter ceste inquietude,
Retiré dans ma solitude
Je consulte ma passion;
Et vois ceste vieille insensée
Chez vous non sans presomption
Se tenir trop recompensée
D'y trouver peu d'aversion.

Ceste bonté qu'en vous j'admire
Fait que sans desirs je souspire;
Si les galans n'aimoient qu'ainsy,
Les remonstrances d'une mere
Et de quelques oncles aussy,
Quoyque faittes d'un ton severe,
Vous donneroient peu de soucy.

Desprenez-vous de leurs chimeres,
Ce beau don de tant de lumieres
Que le ciel vous a desparty
Devroit vous affranchir des chaisnes
Dont vostre esprit assujetty
A desjà souffert tant de peines;
Il est temps de prendre party.

Aimez, Iris, quand on vous aime,
Avec une constance extresme
Et le respect qui vous est deu;
Alors aisement on demesle,
Pour peu que le bon sens soit cru,

Ce qui n'est qu'une bagatelle
De ce qu'on doit nommer vertu.

Les sentimens que la nature
Inspire à toute créature
Ont esté suivis de tout temps ;
Quoyqu'on vous dise le contraire,
La revolte contre les sens
Est un party que d'ordinaire
Prennent fort peu les jeunes gens.

Tandis que les graces s'empressent
Autour de vous, et vous caressent,
Usez bien de tous leurs attraits,
Elles n'aiment que la jeunesse :
L'esprit qui vient tousjours après
Ne peut seul, avec son adresse,
Faire autant redouter ses traits.

Mais dieux ! quelle est ma frenesie !
Je reviens à ma jalousie,
Je ne sçais plus ce que je veux ;
Vous preschant en nouvel apostre,
Peut-estre contraire à mes vœux,
Je travaille à mestre quelqu'autre
Dans le chemin des bienheureux.

IV.

Inédit.

Belle Iris, que me dites-vous !
O dieux ! quelle triste nouvelle !
A quoy bon vostre accueil si doux,
Pour me devenir si cruelle !

A peine on sçait vostre retour
Que vous repartez tout à l'heure ;
Helas ! faut-il en mesme jour
Que je revive et que je meure ?

Pour Forges je vous vis partir
Et redoutay peu vostre absence,
Mais je ne sçaurois consentir
Qu'elle finisse et recommence.

Quand vous partiez pour reparer
Vostre santé pour qui je tremble,
Ce n'estoit que nous separer
Pour vivre plus longtemps ensemble.

Mais que mon rival aujourd'huy,
Contre toute la bienséance
Vous emmene seule avec luy,
C'est pousser à bout ma constance.

Il feint qu'en sage et bon parent,
Il n'a pour vous que de l'estime,
Et sous ce pretexte apparent
Il cache adroitement son crime.

Ouvrez les yeux pour l'empescher
De porter si haut l'insolence,
Et si vous avez à pescher,
Ne peschez point par ignorance.

Congnoissez-vous, ne souffrez plus
Qu'on vous traitte en petite fille,
Vostre merite est au-dessus
D'un simple galant de famille.

Rompez ce volage entrepris,
Ou tenez ma mort asseurée ;

Et s'il ne se peut, belle Iris,
Au moins qu'il ait peu de durée.

V.

Inédit.

Hier, nous traittasmes tout le jour
Les questions les plus sublimes
Et nos esprits dans ses abismes
Se confondirent sans retour.
L'un y tomba dans l'hérésie,
L'autre[1].   .   .   .   .   .   .
N'osa dire son sentiment.
Damon, fermons cette carriere ;
Le plus docte en cette matière
S'explique fort obscurement.

Parlons tantost de bonne foy
Des merveilles de la nature ;
Iris et Clarinthe[2] ont de quoy
Fournir un entretien qui dure.
De ces jeunes divinitez
Nous connoissons les veritez,
Sans nous en faire une chimere ;
Elles tombent dessoubs nos sens,
Et la fille, ainsi que la mere,
Meritent seules nos encens.

[1] Le copiste a passé ce vers.
[2] Madame de Sevigné et sa fille.

ÉPIGRAMMES.

I.

Inédit.

Silvandre n'a pas eu tort,
Peu de jours avant sa mort,
D'avoir fait brusler son livre ;
Chascun l'avoit condamné,
Un enfant si mal tourné
Ne meritoit pas de vivre.

II.

Inédit.

De ta race l'histoire dit
Que quand le pere a de l'esprit
Le filz n'en a guère en partage ;
Damon, aisément je le crois,
Je sçay que ton pere autrefois
Passoit pour un grand personnage.

III.

Inédit.

Calisto, grande façonniere,
Ne paroist jamais ce qu'elle est,
Fait la princesse, est roturiere,
Fait la belle et jamais ne plaist ;
Fait la riche et n'a point de rente,

Fait la jeune et passe quarante,
Fais la dévote et ne croit rien.
Fait la sçavante sans estude ;
Le mestier d'une fausse prude
Est celuy seul qu'elle fait bien.

IV.

Inédit.

Iris ne vous parle sans cesse
Que de la vertu des amans,
Et pousse les beaux sentimens
Avec grande délicatesse.
Cependant elle ne caresse
Que sa chienne et que son cheval.
Je crois que la bonne princesse
N'eut jamais qu'un amour brutal.

V.

Inédit.

Iris veut que je sois de ses meilleurs amis,
Et me défend de pretendre autre chose,
Cependant je sçais bien qu'on ose
Aller plus loin qu'elle ne m'a permis.
De ceste injuste fantaisie
Avec raison je me plains chaque jour,
Elle me fait mourir de jalousie
Et ne veut pas que je meure d'amour.

VI.

Inédit.

Mon petit chat veut qu'on le flatte,

Caressez-le, il tendra la patte,
Pour se jouer avecque vous ;
Mais prenez garde, belle Elise,
De ne le pas mettre en courroux,
Il vous diroit une sottise.

VII.

Contre Despréaux. — Inédit.

Damon, les muses affamées,
Et surtout celles des pedans,
De tout temps se sont diffamées
A force de loüer les grands.
Jadis la tienne plus severe,
Loin de se rendre mercenaire,
Ne pensoit qu'à les insulter ;
On m'a dit, Damon, que tu changes ;
Quand on leur donne des louanges,
On ne peut guère en meriter.

VIII.

Imprimé, p. 42.

Hier je visitay nostre amy,
Que je trouvay mort à demy
Des accidents dont sa gale est suivie ;
Le medecin desesperoit,
Et pour toute marque de vie
Son pauvre malade juroit.

IX.

Inédit.

Iris me paroissoit aimable,

Pour me la rendre plus traitable,
Je voulois luy faire un present ;
Mais elle est genereuse, et ne veut rien du nostre :
Peut-estre qu'en le luy faisant,
La belle m'en feroit un autre.

X.

Inédit.

Que mon destin est rigoureux,
J'ay le corps abbattu, j'ay l'esprit amoureux,
De ce que l'un vouldroit l'autre n'est plus capable :
Iris peut ecouter mes vœux,
Mais quand je l'aurois mise au point où je la veux,
Je me croirois plus miserable.

XI.

Imprimé, p. 21.

Catin est une fine beste ;
Pour m'empescher de faire le brutal,
Elle se plaint du mal de teste
Quand je la trouve seule avecques mon rival ;
Sitost que je les abandonne,
Elle en guerit, et me le donne.

XII.

Imprimé, p. 19.

Iris ne dort ny nuict ny jour,
Incessamment elle soupire ;
Cependant ce n'est point d'amour ;

Qui de tous les maux est le pire.
Ceux qu'elle a l'ont mise si bas
Que je la plains et les partage ;
De celuy seul qu'elle n'a pas,
Hélas ! je souffre davantage.

XIII.

Inédit.

Damon par de foibles presens
S'est acquis les autheurs du temps,
D'un grand remerciment chacun d'eux le fatigue :
Que les poëtes ont d'esprit !
Ces messieurs l'ont rendu prodigue
A force d'avoir mal escrit.

XIV.

Inédit.

Je te rends ton livre, Melite ;
Quoyque fort long, je l'ay tout lu.
Si tu veux que nous soïons quitte,
Rends-moy le temps que j'ay perdu.

XV.

Imprimé, p. 74.

Léandre, j'ay bien acheté
Le livre que tu m'as presté,
Et pourtant je te le renvoie ;
Je l'ay lu fort exactement,
Il ne m'a donné que la joie
De te le rendre promptement.

XVI.
Inédit.

Quoyque l'amour de Celimene
Couste à cent femmes le trespas,
Tircis, je ne me plaindrois pas
Qu'elle voulust aimer la mienne.

XVII.
Inédit.

Pour marque de vostre amitié,
Iris, vous voulez que je voie
Certains billets qu'on vous envoie,
Dont vous me cachez la moitié :
Les confidences imparfaites
Me mettent en meschante humeur ;
Ne m'ouvrez jamais vos cassetes
Sans m'ouvrir aussy vostre cœur.

XVIII.
Inédit.

Philis, assise de costé,
Monstroit à demy son visage ;
A son œil tout plein de fierté
Mon cœur soudain rendit hommage :
Sistost que je les vis tous deux,
J'en fus un peu moins amoureux.

XIX.
Inédit.

Silvandre, si je suis blessé

Du trait que Philis m'a lancé,
Pourrois-tu le trouver estrange!
Son esprit, sa beauté me plaist,
Puis-je pas l'aimer comme un ange!
On ne sçayt de quel sexe il est.

XX.

Inédit.

Ne pas vouloir se demasquer
Pour le Roy, ni pour l'Eminence,
Caliste, ce n'est que choquer
La coustume et la bienseance.
Mais que je sois à vos genoux,
Et qu'un Dieu par moy vous en prie,
Sans pouvoir l'obtenir de vous,
C'est aller jusques à l'impie.

XXI.

Inédit.

Sans aucun bien, sans parentage,
Sans nul merite et sans appas,
Tircis veut prendre en mariage
Une fille qui ne l'est pas ;
On n'en peut deviner les causes,
Sinon qu'elle pense des choses
Fort juste, au moins à ce qu'il dit.
Oh! qu'il a de fausses lumieres !
Prendre une femme pour l'esprit,
C'est tesmoigner qu'on n'en a guères.

XXII.

Inédit.

Amour de diverses façons
Brusla deux frères de ses flammes,
L'un a soupiré pour les dames,
L'autre n'aima que les garçons.
S'il est vray qu'un d'eux se retire,
De son pesché las et honteux,
Il n'est pas malaisé de dire
Lequel ce doibt estre des deux.

XXIII.

Inédit.

Tircis qui fut toute sa vie
Dans les plaisirs très-raffiné,
Par zele ou par bizarrerie
Dans un couvent s'est retiré ;
On l'a mis parmy les novices,
Pour le former aux exercices
Qui tournent un esprit à Dieu.
Qu'il est heureux dans ses caprices !
Il peut trouver en mesme lieu
Et son salut et ses délices !

XXIV.

Inédit.

Dedans l'extresme impatience
Que j'ai d'adorer vos beaux yeux,

Vostre esprit trop devotieux
Fait grand tort à ma conscience.
Desesperé, je meurs d'amour,
Quand vous demeurez tout un jour
Dans ce temple peu favorable :
Silvie, allez moins en ce lieu :
Tandis que vous allez à Dieu,
Vous me faites donner au diable.

XXV.

Imprimé, p. 77.

Tous les matins dans son miroir
Caliste se trouve si belle,
Qu'elle me met au desespoir :
Elle n'a d'amour que pour elle,
Dans un commerce tout va mal,
Quand la maîtresse est le rival.

XXVI.

Inédit.

Chevalier ne me raille plus
Sur tous les plaisirs de la vie,
J'en gouste encor, quoique perclus,
Qui pourroient bien te faire envie.
Mais quand je les prens, en un mot,
Crois-moy, ce n'est pas comme un sot.

XXVII.

Inédit.

Tisimante me plaist, jamais il ne m'ennuie,

Quand il parle de luy sans cesse comme il fait,
Ce n'est pas d'un maigre sujet
Qu'il entretient la compagnie.

XXVIII.

Inédit.

La petite Nanon chagrine
De voir que tousjours son amant
La vouloit baiser autrement
Que l'on ne baise sa voisine :
Eh bien! dit-elle, vieux brutal,
A tes desirs il se faut rendre;
Mais ne sçaurois-tu jamais prendre
De plaisir sans faire de mal?

XXIX.

Inédit.

Sitost qu'on eut signé la paix,
Cent braves, flattez d'esperance,
Pretendirent pour leurs hauts faits
Devenir mareschaux de France.
Le Roy consulta quelque temps,
Enfin pour les rendre contens,
Il s'avisa d'un tour de maistre :
De ce grand nombre il en fit trois ;
Après avoir fait ce beau choix,
Qui pourroit pretendre de l'estre?

LETTRES.

I

A LA MARQUISE DE SEVIGNÉ. Fin de 1665.
Imprimé, p. 68.

Paris vous demande justice,
Vous l'avez quitté par caprice,
A quoy bon de tant façonner?
Marquise, il y faut retourner.
L'hyver approche, et la campagne,
Et surtout celle de Bretagne,
N'est pas un aimable sejour
Pour une dame de la Cour.
Qui vous retient! est-ce paresse!
Est-ce chagrin, est-ce finesse!
Ou plustost quelque metayer
Devenu trop lent à païer?
De vous revoir on meurt d'envie,
On languit icy, l'on s'ennuye,
Et les plaisirs desconcertez
Vous y cherchent de tous costez.
Vostre absence les desespere,
Sans vous ils n'oseroient nous plaire.
Si vous estiez icy, demain
La Cour quitteroit Saint-Germain,
Et les jeux, les ris, et les graces,
Qui marchent tousjours sur vos traces
Y rendroient l'amour désormais
Plus galant qu'il ne fut jamais.
Ce discours, fait à des coquettes,

Leur passeroit pour des fleurettes ;
Pour vous, jugez-en autrement :
Je suis amy, sans estre amant.
Ceux qui me donnent plus de gloire
Ont quelquefois peine à le croire.
Lorsque je pris congé de vous,
Nostre adieu me fit des jaloux ;
Il fut si touchant et si tendre,
Que mes yeux, forcez de se rendre,
Vous parlerent de bonne foy :
Vous fustes moins sage que moy.
Et c'estoit gaster nostre affaire ;
Nostre commerce est un mystere
Qu'il ne faut pas trop expliquer.
Mais à propos, sans vous choquer,
Peut-on vous demander, Marquise,
Si quelque Breton, par surprise,
N'auroit point touché vostre cœur !
Auriez-vous bien changé d'humeur
Jusqu'à vous rendre complaisante
A leur maniere peu galante ?
Non, vous aimez les beaux esprits,
Vous n'aurez eu que du mespris
Pour ces beuveurs à rouge trogne :
Un perclus vaut bien un yvrogne.
Laissons en repos les Bretons,
Et revenons à nos moutons.

Le bruit court que vostre estourdie
Qui depuis longtemps estudie
L'espagnol et l'italien,
Jusques icy n'y comprend rien.

Est-elle tousjours mal bastie,
Sans jugement, sans modestie !
Consolez-vous de tout cela,
Quoyque tard, l'esprit luy viendra.
Force gens disent qu'à son age
Vous n'en aviez pas davantage,
Et toutesfois jusques icy
Vous avez assez réussy.
Il faut quitter ce badinage ;
Vostre fille est le seul ouvrage
Que la nature ait achevé ;
Dans les autre' elle a reservé.
Aussy la terre est trop petite
Pour y trouver qui la merite,
Et la belle, qui le sçait bien,
Mesprise tout, et ne veut rien.

C'est assez pour cest ordinaire,
Et trop peut-estre pour vous plaire.
S'il est vray, gardez le secret,
Et donnez ma lettre à Loret.
(Je crois qu'en Bretagne on ignore
S'il est mort, ou s'il vit encore).
Menagez bien nostre interest,
Si par hazard elle vous plaist,
Ma veine encore assez féconde
Vous en promet une seconde,
Où d'un stile à moy reservé,
Ny trop bas ny trop relevé,
J'espere vous faire cognoistre
Si je sçay faire un coup de maistre,
Et le tout pour vous divertir ;
Mais aussy songez à partir.

La response la plus touchante
Ne sçauroit païer mon attente ;
Tout le plaisir est à se voir.
Les sens se peuvent esmouvoir ;
Tel est vieux et n'ose paroistre,
Qui vous voïant ne croit plus l'estre.
Travaillez donc à revenir,
Pour mieux dire, à me rajeunir.
Ce seroit une chose rare
Qu'on me monstrast comme un Lazare
Ressuscité de vostre main :
Ma foy, la foire Saint-Germain
Me vauldroit bien quelque pistole.
Tout beau, muse, tu deviens folle.

II.

Publié par M. de Monmerqué. — Lettres de Sévigné, I.

Sitost qu'un sçavant vous envoie
Quelque production d'esprit,
Vous me le monstrez avec joie,
Et croïez me faire despit.
Je ne me pique point d'escrire,
J'y veux renoncer desormais,
Et mesme j'oublirois à lire
Si vous ne m'escriviez jamais.
Le mestier d'escrire est trop rude
Pour des gens un peu paresseux ;
Des plaisirs je fais mon estude,
Je ne travaille que pour eux.
Vous croirez qu'un peu trop hardie
Mon ignorance se fait voir ;

Mais, Iris, qui vous estudie
Est en estat de tout sçavoir.

III.

A Mme DE SÉVIGNÉ. — Inédit.

Marquise, je suis en colere :
Les petits hommes d'ordinaire
Eveillez comme des lutins,
Sont gens querelleurs et mutins.
S'il est ainsy, vous devez craindre,
Car j'ay grand sujet de me plaindre.
Dans Paris on fait courre un bruict
Qui me surprend et qui vous nuict,
Et l'on me mande pour nouvelle
Qu'il revient dans vostre ruelle
Un certain esprit dangereux,
Qui met le trouble entre nous deux.
Qu'il soit esprit follet ou diable,
Il ne laisse pas d'estre aimable,
Il est galant, il est bien fait ;
S'il vous en conte, Dieu le sçait.
On dit qu'auprès d'une maistresse
Il tresmousse, il agit sans cesse,
Et que c'est un petit demon
Qui fait tout dans une maison.
Prenez garde, belle marquise,
Que bientost il ne vous seduise.
Il est habile, il est adroit ;
Quand il est bien en quelqu'endroit
On ne l'en chasse pas fort vite ;
Il ne craint guère l'eau benite.

S'il vous possede quelque jour,
Adieu, marquise, sans retour.
Ce seroit une chose estrange
Qu'on trouvast une sainte, un ange,
Dans un si deplorable estat.
Que deviendroit ce noble esclat
Qui brille dans votre personne,
Cette humeur si douce et si bonne!
Que deviendroit cette vertu
Qui tous vos sens a combattu;
Cet air si modeste et si sage,
Qui vous donne tant d'avantage
Sur les plus belles de nos jours?
Où fuiroient les petits Amours !
Si d'avantage il vous obsede,
Implorez aussytost mon aide;
Pour combattre un tel ennemy
Je vaux bien un brave et demy.
Mais vous me respondrez peut-estre
Que chez vous me rendre le maistre
Par la perte de ce rival,
C'est tomber de fievre en chaud mal :
Il est vray, nous avons ensemble
Quelque chose qui se ressemble ;
Nous poussons les mesmes souspirs,
Nous avons les mesmes desirs,
Tous deux l'humeur assez traitable,
Une condition semblable.
Pourtant ne nous confondez pas :
Nous n'avons pas mesmes appas;
Par luy la bonne renommée
Le plus souvent est diffamée;

Les desordres de ma santé
Mettent l'honneur en seureté ;
D'un jeune homme en estat de plaire,
Il faut tout craindre et s'en deffaire,
Souffrir tout des gens comme nous
Qui rarement font des jaloux.
Si la leçon que je vous donne
Ne vous semble belle ny bonne,
Marquise, vous pouvez tout bas
En rire et ne me croire pas.
Ce n'est pas ce qui m'embarrasse ;
Mais c'est de voir sur le Parnasse
Que cet esprit entreprenant
Travaille pour vous maintenant.
Il pourroit vous avoir surprise ;
Je ne sçaurois souffrir, marquise,
Que vous receviez de ses vers
Sans nous regarder de travers.
Voilà le sujet de ma lettre.
Je pouvois quelque chose y mettre
Où vous auriez moins consenti ;
Marquise, il faut prendre parti :
Soyez juste dans la rencontre,
S'il escrit pour, j'escriray contre.

IV.

Inédit.

M'envoier faire un compliment
Par un laquais sans jugement
Qui ne sçait ce qu'il me veut dire,
C'est vous commettre estrangement,

Vous feriez bien mieux de m'escrire ;
On s'explique plus finement,
Et la response qu'on s'attire,
Quand elle est faitte galamment,
Se refuse malaisement
D'une personne qui souspire
Tousjours respectueusement.
Essaïons ces choses, pour rire ;
Dans un billet adroitement
Je vous conteray mon martyre ;
A le recevoir et le lire
Vous façonnerez grandement,
Et vous respondrez fierement ;
Donnant pourtant vostre agrement
Au beau feu que l'amour m'inspire.
Ceux qui voudront malignement
Traitter de trop d'emportement
Ce commerce pour en mesdire,
Ne diront pas asseurement :
Telle maistresse et tel amant
Sont faits egaux comme de cire.
Vous êtes belle infiniment,
Et je tiens beaucoup du Satyre.

V.

Imprimé, p. 22.

Recevez, dans cette legende,
L'humble pardon que vous demande
Un pauvre galant morfondu,
A Livry longtemps attendu.
S'il vous a manqué de parole,
Il faut en accuser Eole,

Qui, dans la plus belle saison,
A contre-temps et sans raison
A voulu deschaisner Borée,
Qui, ravageant cette contrée,
N'a pu souffrir depuis huict jours
Qu'un seul galant parust au Cours.
Zephire, qui couroit les prées
Que Flore vous avoit parées,
Voulant aux champs vous attirer,
Fut contraint de se retirer
Et de ceder à l'insolence
D'un brutal qui tousjours l'offense.
Dans ce desordre general,
Monter sur mon petit cheval
Pour aller en galanterie,
M'eust attiré la raillerie
D'un tas de courtisans fascheux
Qui nous eust fait honte à tous deux.
J'ay donc jugé, belle Amarante,
Tandis qu'il pleut, tandis qu'il vente,
Qu'il fait sale, qu'il fait vilain,
Que l'air est grossier et malin,
Tandis qu'il tombe pesle mesle
Et de la neige et de la gresle,
Temps fascheux pour les fluxions
Et pour les foibles passions,
Qu'il valoit mieux resver sans peine,
Enveloppé d'une indienne,
Dans une chambre auprès du feu,
Et faire mon mestier du jeu,
Que de courre aux champs où vous estes,
Pour vous dire quelques fleurettes,

Qu'il n'importe de vous conter
Comme à vous de les escouter.
Ce n'est pas que le soin me quitte
De respecter vostre merite :
Je n'auray ny chaleur ny pouls
Quand je cesseray d'estre à vous.
Si j'entreprenois à mon age
De vous en dire davantage,
Vous me pourriez dire souvent :
Autant en emporte le vent.

VI.

A Mme de Sévigné. — Inédit.

Ce billet que je vous envoie,
Marquise, vous dira la joie
Que je sens de vostre retour.
Vostre absence quoyque d'un jour,
M'a troublé d'une estrange sorte ;
Cela, je crois, peu vous importe,
Aussy ne vous l'ay-je pas dit
Pour embarrasser vostre esprit ;
Mais dites-moy, je vous en prie,
De vostre bizarre partie
Quels ont esté les passe-temps !
A vous dire vray, force gens,
Si vous estiez un peu moins sage,
Penseroient mal d'un tel voïage ;
Aussy fut-il hors de saison,
Et faict sans rime et sans raison.
Je n'en comprens point les mysteres.
Si c'eust esté pour des affaires,

L'abbé, qui si bien les entend,
Vous eust suivie au mesme instant ;
Ce n'estoit pas aussy, je pense,
Que sur un cas de conscience
Vostre esprit fust mal asseuré ;
Car vous aviez vostre curé,
Et l'on me tiendroit ridicule
De vous croire femme à scrupule.
Ce n'estoit pas pour veoir Vezou,
Sur le dangereux petit trou
Dont vostre dent est menacée :
Vous aviez une autre pensée,
Et ce mal estoit trop leger
Pour vous exposer au danger
D'estre attaquée ou d'estre prise.
Dis-moy, cruel destin, pourquoy
Ne m'as-tu pas faict un Rocroy ?
En dussiez-vous estre offensée
Je vous eusse en malle troussée ;
Et quand on trousse ainsy les gens,
On va bien loin en peu de temps.
Par le vent la juppe haussée,
Et le desordre du mouchoir
Cent autres beautez nous fait veoir,
Qui donnent de bonnes pensées
Pour celles qui nous sont cachées.
Quand on est sur ces hauts dadas
On a peur de tomber à bas ;
De son ravisseur on s'approche,
On se prend, à tout on s'accroche,
Et sans penser à ce qu'on fait
On embrasse celuy qu'on hayt ;

On s'adoucit, on injurie,
On flatte, on se met en furie,
Et l'on se laisse aller enfin,
Moitié figue moitié raisin.
Dieux! que ma passion est forte!
Marquise, voïez où se porte
L'extravagance d'un amant
Qui se flatte dans son tourment!

VII.

Imprimé, p. 49.

Iris, on fait courre le bruit
Que chez vous se fait mon reduit,
Et que nous sommes bien ensemble.
S'il est vray, vous le sçavez bien,
Chascun le croit; mais il me semble
Que tous deux nous n'en croïons rien.

Cependant nostre honneur est mis
A tous les deux en compromis,
Pour avoir manqué de conduitte :
Il ne falloit point m'engager
A vous rendre souvent visitte,
Sans le dessein de m'obliger.

Pour avoir voulu façonner,
Vous nous avez faict soupçonner
D'une secrette intelligence :
Il ne pouvoit arriver pis
Que ce qu'a faict la medisance
Pour complaire à vos ennemys.

Vostre mary s'en est doubté,

Le mensonge et la vérité
Donnent les mesmes deffiances :
Pour agir en femme d'esprit,
Il faut sauver les apparences
Et se mocquer de ce qu'on dit.

Tout vous plaist indifferemment,
Et sans faire choix d'un amant
Vous souffrez que chaqu'un vous voie :
Belle Iris, vous vous mesprenez,
Un heureux donne plus de joie
Que cent galans infortunez.

Parmy vos bonnes qualitez
C'est sans raison que vous contez
Celle d'estre fort complaisante :
Ne l'estre pas au dernier point
N'est pas une chose obligeante,
Il vaudroit mieux ne l'estre point.

Qui ne vous verroit qu'une fois
En six semaines ou deux mois
Vous trouveroit assez commode :
Mais qui vous verroit plus souvent
Ne sçauroit vivre à vostre mode
Sans enrager en vous servant.

Vous estes civile d'abord,
Chascun vous plaist, vous plaisez fort ;
Vous donnez quelques esperances ;
Et de cent petits agremens
Qui sont de trompeuses avances
Vous n'estes pas chiche aux amans.

Cet air de vivre ne produit
Que le chagrin d'estre esconduit

Sitost qu'on presse davantage :
Les faveurs que vous accordez
Sont celles par où l'on s'engage,
Des autres vous vous deffendez.

Vous estes prude, je le voy,
Mais pour votre bien, croïez-moy,
Toute autre faites-vous connoistre :
Si vous tardez vous aurez tort;
Sans doute vous le pourrez estre
Malgré vous jusques à la mort.

L'age coule insensiblement,
Il nous desrobe l'agrement,
Dans peu vous serez moins galante :
Quelquefois, malheureusement,
On pense à devenir amante
Quand on ne trouve plus d'amans.

Je vous aime, vous le sçavez,
Les preuves que vous en avez
Vous debvroient assez satisfaire :
Je crois pourtant qu'un vieux perclus
Ne s'acquiert le bonheur de plaire
Qu'avec quelque chose de plus.

Iris, prenez créance en moy,
Je feray tout ce que je doy
Pour meriter que je vous serve :
Sitost qu'on a donné le cœur,
On jette aisement sans reserve
Le reste aux pieds de son vainqueur.

Souvent la honte et la fierté
Ont fait que l'on a rebutté
Les offres de cette nature :

Ne tombez pas dans cette erreur ;
On est à plaindre, je vous jure,
Quand on n'est riche que d'honneur.

Résolvez-vous, sans m'amuser,
D'accepter ou de refuser
Le parti que je vous propose :
Il n'est point d'homme sans defaut ;
Chascun est bon à quelque chose,
Je le suis pour ce qu'il vous faut.

VIII.

Publié par M. de Monmerqué. — Lettres de Sévigné, I.

L'autre jour, chagrin de mon mal,
Me promenant sur mon cheval,
Sur le bord des vertes prairies,
J'entretenois mes resveries,
Quand j'apperceus vostre moisneau
Sur le hault d'un jeune arbrisseau,
Beaucoup moins guay que de coustume.
Il avoit le bec dans sa plume,
Comme un oiseau qui languissoit
Loin de celle qu'il cherissoit.
Je l'appellay comme on l'appelle,
Il vint à moy battant de l'aisle,
Et sur mon bras s'estant lancé,
Je le pris, et le caressay ;
Mais après faisant le colere,
Je luy dis d'un ton plus severe :
Apprenez-moy, petit fripon,
Ce qui vous fait quitter Manon.
Ah ! me dit-il en son langage,

Ma belle maistresse à son age
S'offense et ne peut trouver bon
Qu'on l'appelle encor de ce nom.
Je sçay que vous l'avez connue,
Mais toute autre elle est devenue :
Son esprit qui s'est elevé
Plus que son corps est achevé.
Il est bien juste qu'on la traitte
En fille desjà toute faitte :
Elle entend tout à demy-mot,
Discerne l'habile du sot ;
Et sa maman seule attrappée
La croit encor fille à poupée.
Tous les matins dans son miroir
Elle prend plaisir à se voir,
Et n'ignore pas la maniere
De rendre une ame prisonniere.
Elle consulte ses attraits,
Sçait desjà lancer mille traits
Dont on ne peut plus se deffendre,
Pour peu qu'on s'en laisse surprendre.
Depuis qu'elle est dans cette humeur
Elle m'a banni de son cœur,
Et ne m'a pas cru davantage
Un oiseau digne de sa cage.
Desespéré j'ay pris l'essort,
Resolu plustost à la mort
Qu'à voir une ingratte maistresse
N'avoir pour moy soin ny tendresse.
Je sçay que vous l'aimez aussy :
Gardez qu'elle vous traitte ainsy.
Elle est finette, elle est accorte,

Et n'aime que de bonne sorte.
Ce fut ainsy qu'il me parla,
Puis aussytost il s'envola.

IX.

Inédit.

Si ce qu'on doibt à ton merite
M'oblige à te rendre visite,
L'estat malheureux d'un perclus,
Qui languit et qui ne sort plus,
Avec justice m'en dispense,
Et reproche à ta nonchalance,
Ou plutost à ta dureté
Que j'appelle inhumanité,
D'avoir passé mainte semaine
Sans une fois prendre la peine
De venir voir en mon logis
Si je suis mort, ou si je vis.
Quand tes estudes et tes veilles,
Qui promettent tant de merveilles,
Te tiendroient si fort attaché
Qu'elles t'en eussent empesché,
Tu me devois quelque message
Par un laquais ou par un page ;
N'importe qu'ils fussent si beaux
Que ceux que nous vismes aux eaux.
Ah ! Tircis, retournons en boire !
Quand je repasse en ma memoire
Ces plaisirs que nous avons eus ;
Des galans que nous avons veus
Les festins, et les serenades

Que s'entre donnoient les tribades;
Les bizarres emportemens
De tous ces malheureux amans;
Les fureurs sales et hardies
De leurs impudiques manies;
Les adresses des medecins
Qui, pour complaire à leurs desseins,
Les font sous des voutes pollües
Baigner ensemble toutes nües;
L'avarice de ces faquins,
L'imposture de tous leurs bains;
Un peu confus, je te confesse
Que je ris de nostre faiblesse.
Mais ces abus m'ont diverti,
J'ay regret d'en estre parti.
Lors tes douces melancolies
Dans le recit de mes folies
Trouvoient d'agréables momens,
Et tes plus nobles sentimens
Brillans partout comme en ta veine,
Me faisoient oublier ma peine.
Mon ame preste d'expirer
Pour te connoistre et t'admirer
Resveilla toute sa puissance;
J'eus de toy tant de complaisance
Que dans ton esprit j'ay connu
Mon vice aimé de ta vertu.
L'embarras des grandes affaires,
L'interest des partis contraires
Ne divisoient point nostre cour.
Nos Muses s'y faisoient l'amour,
Et l'intrigue de quelques belles

Bornoit nos soins pour les nouvelles
Aux heures de nostre loisir :
Elles faisoient nostre plaisir,
Et leur procédé doux ou rude
Nous·coustoit peu d'inquiétude.
L'espoir seul de la guerison
Nous couloit l'aimable poison
Dont le malade s'infatue,
Tandis que la douleur le tue.
La Parque qui nos jours filoit
Alors ses ciseaux affiloit
A dessein d'en couper la trame ;
Mais la fermeté de nostre ame
La surprit ; la mort s'esloigna,
Et sa rigueur ne m'espargna
Que pour rendre mon aventure
Cent fois plus fascheuse et plus dure,
Puisque de te perdre et souffrir
M'est plus cruel que de mourir.
S'il te reste quelque tendresse,
Flatte le desir qui me presse
De te voir et t'entretenir ;
Tu m'as promis ton souvenir,
Et tu me doibs, quoy que tu fasses,
Ton estime et tes bonnes graces.
La froideur de ton amitié
Augmente mes maux de moitié.
Sans m'en plaindre je l'ay soufferte,
Mais pour n'en pas craindre la perte,
Il faudroit t'avoir moins connu,
Ou que je fusse devenu
Moins curieux des belles choses.

Le printemps n'aura plus de roses,
L'hiver donnera des moissons,
Dans l'air voleront les poissons,
Les oiseaux nageront sous l'onde,
Il faudra que tout se confonde,
Avant que tu sois effacé
De mon cœur où je t'ay placé.

X.

Inédit.

Je te veux faire cent querelles.
Quoy ! voudrois-tu bien m'oublier ?
Un jour s'est passé tout entier,
Sans avoir eu de tes nouvelles.
Non, tu ne penses plus à moy,
J'ay cent fois envoïé chez toy,
Cent fois passé sous ta fenestre,
Et dans le lit le plus caché
Où jamais un homme puisse estre
Je t'ay cent et cent fois cherché.

Tout d'abord je m'en fus au Heaulme
A l'heure où tu prends tes repas,
Et soudain ne t'y trouvant pas,
Je courus voir au jeu de peaume.
J'entray dans les lieux plus cachez
Où vont fumer les debauchez,
Puis je fus à l'Academie,
Et si tu m'eusses dit l'endroit
Où loge au Marais ton amie,
J'eusse esté t'y chercher tout droit.

De là continüant ma course
Pour te monstrer quel est mon soin,
J'allay chercher au Port-au-Foin
Où campent les coupeurs de bourse ;
Je fus sur le Pont-Neuf encor,
Pour t'y trouver avec Mondor ;
Après à l'Hostel de Bourgogne,
Et puis au Sabat sur le soir,
Où les sorciers faisoient la grogne
De t'y voir manquer au debvoir.

Après que la nuyet fut venüe,
Je m'imaginois à tous coups
De te voir parmi les filous
Volant des manteaux par les rues.
Mais quand je vis sur le minuyct
Tout... en repos et sans bruit,
Soudain je me mis en furie,
M'en revenant desconforté.
Amy, mande-moy, je te prie,
Si les diables t'ont emporté.

XI.

Imprimé, p. 35.

Heureux, ô mon cher Saint-Germain,
Dont l'esprit libre et le corps sain
Se rit des peines qu'on se donne,
Vivant à l'abri des exploits,
Dans un païs de qui les lois
Ne font jamais trembler personne.

Là ton genie avec raison
A mis tes sens à l'abandon

De tout ce qui leur fait envie ;
Et franc de crainte et de desirs
On t'y voist gouster les plaisirs
Où la nature te convie.

Tu passes tes jours sans regret,
Ta maison est ton cabaret,
Ton cours et ton academie ;
Tes pensers sont ton entretien,
Et les sots n'y peuvent en rien
Troubler ta bonne compagnie.

[1] N'aimant que tes commoditez
Tu te mocques des vanitez
Dont en amour on se contente ;
Et cent fois plus heureux que nous,
On te voit confondre à tous coups
Et ta maistresse et ta servante.

Attaqué du sommeil tu dors,
Les vivans non plus que les morts
N'empeschent point que tu reposes ;
Et du futur bien peu touché,
Sous ton figuier estant couché,
Tu fais la figue à toutes choses.

Ainsy j'admire ton bonheur,
Et te promets, si ma douleur
Me peut laisser une bonne heure,
Que j'iray la passer chez toy,
Pour y gouster comme je doy
Les plaisirs avant que je meure.

---

[1] Les deux stances suivantes sont inédites.

XII.

Inédit.

Changez d'humeur, jeune Certelle,
Soïez humaine, estant mortelle,
Devant Dieu qui vous fit si belle
Un jour vous seriez criminelle,
Si Caron vous trouvoit pucelle
En vous passant dans sa nacelle.
Tousjours vous ne serez pas telle,
La vieillesse à soy nous appelle ;
Et s'il pleust sur vostre vaisselle,
Alors, vous ne serez plus celle
Qui n'avoit rien de beau comme elle.
Vous aurez un corps qui chancelle,
L'œil sans esclat, sans etincelle,
Et la voix d'une cressenelle ;
Vostre sein deviendra mamelle,
Et vostre haleine, vostre aisselle,
Auront l'odeur d'une chandelle
Que mouche un laquais sans cervelle.
Cette prophetie est cruelle,
Mais imitez la tourterelle
Qui durant la saison nouvelle
Nous apprend comme la femelle
Avecque le masle se mesle,
Et tous deux en battant de l'aisle
Se baisent sans bruit ny querelle.
Croïez-moy donc, Mademoiselle,
Vostre beauté qui m'ensorcelle
A mes vœux estant moins rebelle,

Vous aurez un amant fidelle,
Qui n'offre point de bagatelle;
Mais le cœur avec l'escarcelle.

XIII.

Inédit.

Muse, il est temps de s'esveiller,
Leve-toy, c'est trop sommeiller,
Iris m'a fait une querelle.
Viens me servir, elle m'appelle,
Et sur Parnasse dès demain
Me veut voir la plume à la main.
Sous le titre de precieuse
Cette petite audacieuse,
Au mespris de tous mes sonnets
Se fait voir dans les cabinets,
Où ses pieces elle fait lire,
Et tout le monde les admire.
Quoyqu'elles n'aient pour beauté
Que l'esclat de la nouveauté,
Son tour d'esprit est à la mode.
Une eglogue, un sonnet, une ode
Luy coustent moins qu'un madrigal.
Pour tout son genie est egal,
Et dans sa diction fleurie
Le serieux, la raillerie,
Y sont si finement traittés
Q'on y remarque cent beautés.
Mais tu me chantes ses loüanges,
Muse; est-ce ainsy que tu me venges,
Quand on s'attaque à mon honneur?
Oui, continue en sa faveur,

Autrement je te desavoue ;
Son merite veut qu'on la loue,
Et que la plume pour objet
N'ait jamais un autre sujet.

POÉSIES DIVERSES.

PORTRAIT DE L'AUTHEUR.

Imprimé, p. 79.

Mon cher Tircis, que t'ay-je faict,
Pour me demander mon portraict !
Veux-tu qu'à mon desavantage
Ma main travaille à cet ouvrage,
Et qu'avec si peu d'agremens
On me monstre chez les Flamans !
Soit à ma honte ou pour ma gloire,
J'ay peine à faire mon histoire ;
Je vais pourtant, sans me flatter,
Me peindre pour te contenter.

Ma mine est fort peu cavaliere,
Mon visage est faict de maniere
Qu'il tient moins du beau que du laid,
Sans estre choquant tout à faict.
Dans mes yeux deux noires prunelles
Brillent de maintes etincelles.
J'ay le nez pointu, je l'ay long,
Je l'ay mal faict, mais je l'ay bon,

Et je sens venir toutes choses
De plus loin qu'on ne sent les roses ;
Enfin j'ose dire en un mot
Que je n'ay pas le nez d'un sot.

Malgré les ans et la fortune,
Ma chevelure est encor brune,
    « [1] Mon teint est jaune et safrané,
    « De la couleur d'un vieux damné,
    « Pour le moins qui le doit bien estre,
    « Ou je ne sçay pas m'y connoistre.
  » Soit par hazard ou par despit
La nature injuste me fit
Court, entassé, l'espaule grosse ;
Au milieu de mon dos je hausse
Certain amas d'os et de chair
Faict en pointe comme un clocher ;
Mes bras d'une longueur extresme,
Et mes jambes presque de mesme
Me font prendre le plus souvent
Pour un petit moulin à vent.
Je suis composé de matiere
Fort combustible et peu grossiere :
J'ay de l'enjoûment, j'ay du feu ;
    « Qu'il m'en reste beaucoup ou peu,
    « N'importe, il s'en faut satisfaire,
    « Quand on s'en trouve assez pour plaire.
Je ne suis point homme borné :
Mon esprit n'est pas mal tourné,
Je l'ay vif dans les reparties,
Et plus piquant que les orties.

____

1 Les guillemets indiquent les vers inédits.

Je ne laisse pas d'estre adroit,
Complaisant, mesme un peu coquet,
Mais ce n'est pas pour la coquette;
Près d'elle fort peu je m'arreste,
Et je croirois passer pour fat,
Si je n'estois plus delicat.
Je suis tantost gueux, tantost riche,
Je ne suis liberal, ny chiche :
Je ne suis ny fascheux, ny doux,
Sage, ny du nombre des fous,
Et je suis cela tout ensemble,
Sans que personne me ressemble.
Enfin je trouve tout egal,
Et je ne fais ny bien ny mal.
La coutume à qui l'on defere,
Comme l'enfant faict à sa mere,
Ne peut, toute forte qu'elle est,
M'emporter qu'à ce qui me plaist.
L'ambitieuse frenesie,
La vengeance, la jalousie,
Grands trouble-festes de l'esprit,
Ont sur le mien peu de credit.
J'aime à railler, mais sans mesdire,
Et resjoüir sans faire rire,
Parler sans me faire escouter,
Et je veux plaire sans flatter.
Je ne suis pas l'homme du monde
Le plus ennemy de la fronde ;
Aussy je ne suis pas de ceux
Qui partout d'un esprit hargneux
Cherchent sans cesse sur qui mordre,
Et ne preschent que le desordre :

Le repos et la liberté
Est le seul bien que j'ay gousté.
Je hay toutes sortes d'affaires,
Je ne me fais point de chimeres ;
Du futur comme du passé
Je n'ay l'esprit embarrassé.
Ce qu'on dit de moy peu me chocque ;
De force choses je me mocque,
Et sans contraindre mes desirs
Je me donne entier aux plaisirs.
Le jeu, l'amour, la bonne chere
Ont pour moy certain caractere
Par qui tous mes sens sont charmez,
Et je les ay tousjours aimez ;
Toutefois ce n'est qu'à ma mode,
Dans un air de vivre commode.
C'est rarement qu'un vieux garçon
En use d'une autre façon.
Pour me divertir je compose
Tantost en vers, tantost en prose ;
Et quelquefois assez heureux
Je réussis en tous les deux.
Mon humeur est assez facile ;
J'aime les champs, je hay la ville,
Et je pense moins à la Cour
Que je ne fais à ton retour.
Voylà ma peinture parfaicte ;
Et je suis quitte de la debte
A quoy je m'estois engagé.
Regarde si je suis changé
D'humeur, d'esprit et de visage ;
Trouves-tu que je sois plus sage ?

De quelque façon que je sois,
Ayme-moi, Tircis, tu le doibs.

RESPONSE DE PHILIS A TIRCIS.

Inédit.

Si mes regards innocens
D'un aveu trop veritable,
Vous ont dit ce que je sens,
Mon cœur n'en est point coupable.
Vous deffendant d'esperer,
Ma bouche a cru reparer
Cette injure qui m'outrage :
Chascun a faict son debvoir :
Tircis, vous debvez sçavoir
Où le vostre vous engage.

Un amant sage et discret,
Tousché d'une vive atteinte,
Peut souspirer en secret
Sans aller jusqu'à la plainte.
Ses grands respects et ses soins
Doivent souls estre tesmoings
De sa passion extresme ;
Celle qui les apperçoit,
Qui les souffre et les reçoit,
Dit tacitement qu'elle aime.

Celuy qui pretend gagner
L'estime d'une maistresse,
A la bien examiner
Doit emploier son adresse.
Plus elle tasche à celer

Ce qu'on n'ose reveler,
Plus elle-mesme s'accuse ;
Dans ce precieux moment
Il pourroit obligeamment
Prendre ce qu'on luy refuse.

RONDEAUX.

I.

Imprimé, p. 18.

Quoy, me voïant le cœur blessé
Des traits que vos yeux m'ont lancé,
Philis, vous n'en faittes que rire !
Quand pour vous un amant soupire,
N'est-il pas mieux récompensé ?
Je me croïois, pauvre insensé,
Dans un poste plus avancé,
Et j'esperois, je n'ose dire
                Quoy.
De vous quitter j'ay balancé ;
Mais, à dire vray, j'ay pensé
Que mon mal en deviendroit pire.
Pour empescher qu'on se retire
Vous avez trop de je ne sçay
                Quoy.

II.

Inédit.

D'aymer une Illustre, une Infante,
Une Reine docte et galante,
On satisfait sa vanité ;

Mais nostre sensualité
N'y trouve rien qui la contente.
Si j'adorois une sçavante,
Je serois bientost rebuté
          D'aymer.
Telle maistresse est peu charmante,
  Quand, aïant des ans plus de trente,
Elle n'a plus de royauté ;
Il faut servir une beauté
Jeune et modeste, et qui se vante
          D'aymer.

III.

Inédit.

Comme je crois, vous estes amoureux,
Vous vous mirez, vous poudrez vos cheveux,
Vous consultez comme on lance une œillade;
Quoy ! vous allez seul à la promenade
Galantiser le sujet de vos feux !
Ce dessein est d'un homme vigoureux.
Pour un perclus le pas est dangereux,
Puisque l'amour veut toujours qu'on gambade,
          Comme je crois.
Mais si ce dieu favorable à vos vœux,
Vous y laissoit venir aux mains tous deux,
Pourriez-vous bien tirer une estocade!
Assurément vous feriez le malade,
Ou du combat vous sortiriez honteux,
          Comme je crois.

IV.

Inédit.

Si vous voulez, ô beauté que j'adore,
Bannir d'icy le chagrin qui devore
Un vieux perclus qui ne peut en sortir,
Venez le voir, hastez-vous de partir ;
A son secours vos bontez il implore.
S'il n'est pas fait comme Vardo ou Roqu'laure,
La bonne humeur sa vieillesse decore,
Vous en pourrez faire vostre martyr,
           Si vous voulez.
Estant chez luy la contrainte il abhorre,
Les Jeux, les Ris que l'Amour fait eclore
S'y trouveront prests à vous divertir,
Et je vous puis asseurer, sans mentir,
Que vous aurez d'autres plaisirs encore
           Si vous voulez.

V.

Inédit.

Pour une fois vous avoir fait attendre
Chez Amarante, où je ne peus me rendre,
Il ne faut pas me condamner si fort,
Ny publier, quand mesme j'aurois tort,
Que je n'ay plus rien de vous à pretendre ;
Aïant failly, ce n'est pas bien l'entendre,
Pour vostre honneur il falloit me deffendre :
Injustement vous avez pris l'essort
           Pour une fois.

Pour vostre amant vous n'estes pas fort tendre,
Je congnois bien qu'on ne vous peut surprendre,
Dans les plaisirs qui se prennent d'accord ;
Vous en donner souvent seroit ma mort,
Vous seriez peu satisfaite d'en prendre
               Pour une fois.

VI.

Inédit.

Du mal d'autruy peu de gens sont grevez,
Du vostre on rit chez les plus reservez,
Quoyqu'autrement la charité l'ordonne ;
A vostre toux un autre nom se donne.
Quand vous crachez on dit que vous bavez :
S'ils ont raison, Philis, vous le sçavez ;
Mais, sans mentir, de l'air dont vous vivez,
J'en jurerois quasy, Dieu me pardonne,
               Du mal.
Heureusement si vous vous en sauvez,
C'est qu'à present ceux dont vous vous servez
Se sont trouvez d'une santé fort bonne :
Mais à vouloir ne refuser personne,
Je suis trompé, si bientost vous n'avez
               Du mal.

CHANSONS.

I.

Inédit.

Amarillis, que vous estes cruelle
De refuser mon service et mes soins !
Je ne sçaurois, quand je vous vois si belle,
Me dispenser de vous en rendre moins.
Pour vous cacher mes feux il faut trop de contraintes ;
   Je souffre vos rigueurs, souffrez mes plaintes.

Il ne faut plus se faire violence,
Laissons agir librement nos humeurs,
Aïez pour moy beaucoup d'indifference,
Je vous diray sans cesse : Je me meurs.
Ainsy nous nous verrons avec moins de contraintes,
   Je souffre vos rigueurs, souffrez mes plaintes.

S'il est permis de juger de vostre ame
Par mon merite et par vostre froideur,
Vous avez plus de mespris pour ma flamme
Que vous n'avez de soin de vostre honneur.
Je n'y puis consentir sans beaucoup de contraintes ;
   Je souffre vos rigueurs, souffrez mes plaintes.

Mais toutesfois si je vous importune
De souspirer sans cesse auprès de vous,
Il est aisé de mettre ma fortune
Dans un estat plus tranquille et plus doux.
Escoutez mon amour avec moins de contraintes,
   Vous verrez aussytost cesser mes plaintes.

II.

Inédit.

Pressé de cent petits Amours
Dont il ne pouvoit se deffendre,
Alcandre tenoit ce discours
A son cœur facile à surprendre :
Gardez bien que ces jeunes fous
Ne se rendent maistres chez vous.

Ces ennemys du genre humain,
Seuls autheurs de vostre misere,
Tenans un flambeau dans la main
Viennent à vous pour vous mal faire ;
Je vois bien que ces petits fous
Veulent mettre le feu chez vous.

Connoissez-vous ces enragez,
La belle Iris vous les envoie ;
Si chez vous ils estoient logez
Vous n'auriez ny repos ny joie.
Gardez bien que ces petits fous
Ne se rendent maistres chez vous.

On dit qu'ils sont issus des dieux,
Mais je crois que ce sont des fables ;
Iris les forme dans ses yeux,
Ils n'en sont pas moins redoutables.
Gardez bien que ces petits fous
Ne se rendent maistres chez vous.

Des sages ils sont redoutez ;
Ne voyez-vous pas ceste belle

Les envoïer de tous costez
Et n'en point retenir chez elle !
Gardez bien que ces petits fous
Ne se rendent maistres chez vous.

En joüant, ces malicieux,
Qui ne sont jamais raisonnables,
Frappent comme des furieux,
Et les blessez sont incurables.
Gardez bien que ces petits fous
Ne se rendent maistres chez vous.

Pour vous tromper ils vous feront
Cent agremens et cent caresses,
Et les petits fourbes seront
Tousjours menteurs dans leurs promesses.
Gardez bien que ces petits fous
Ne se rendent maistres chez vous.

Mais, las ! bien loin d'en avoir peur,
Pour eux vous souspirez sans cesse,
Vous voulez vous rendre, mon cœur,
Et c'est en vain que je vous presse
De fermer la porte à ces fous :
Je crois qu'ils sont desjà chez vous.

III.

Inédit.

Tyran des ames les mieux nées,
Honneur, ennemy des plaisirs,
Que tes genereuses pensées
Me feront couster de souspirs !
Je cours où la gloire m'appelle,

Et je quitte Philis qui m'est plus chere qu'elle.

> Mon malheur n'est-il pas extresme !
> Le sort où je me vois soumis
> Me rend ennemy de moy-mesme :
> Pour desfayre mes ennemys,
> Je cours où la gloire m'appelle,
> Et je quitte Philis qui m'est plus chere qu'elle.

> Dans cette injuste violence
> Qu'on fait souffrir à mon amour,
> Jeune beauté, si je t'offense,
> C'est pour mieux meriter un jour,
> Venant d'où la gloire m'appelle,
> La gloire de servir une dame si belle.

ENIGME.

Inédit.

Je vis un jour dans l'isle fortunée
Un petit mont qu'on ne peut trop cherir ;
Il a des fleurs tous les mois de l'année,
Et quelquefois est neuf mois sans fleurir :
Vers le penchant un sentier le partage,
Tout rebordé de roses à l'entour ;
Là, dans un temple, au milieu d'un bocage
On va traitter les misteres d'amour.

Le pelerin peu de temps y demeure,
Pour la santé c'est un lieu dangereux ;
Si par hazard il advient qu'il y meure,
Il ressuscite, et refait d'autres vœux.
De ce coteau descoule une fontaine ;
On le cultive, il est ensemencé :

En y montant souvent on perd haleine,
On en descend tousjours fort harassé.

EPITAPHES.

I.

Sur Blot. — Inédit.

Cy-gist un docteur non commun,
Qui peu sçavant et fort habile
Prescha souvent, jamais à jeun,
Et comprit tout hors l'Evangile.
En homme sage et bien sensé,
Du present il a dit merveille,
Du futur ce qu'il a pensé
Ne s'est resvelé qu'à l'oreille ;
Mais chascun tient pour verité
Que jamais il n'en a douté.

II.

Inédit.

Cy-gist Doralise, qui fut
Une merveille sans seconde ;
Comme elle plut à tout le monde,
Aussy tout le monde luy plut.

III.

Inédit.

Paix aux François ! icy gist mort
Celuy qui fit venir du Nord
Les ennemys de l'evangile.

Il fut moine, et cet apostat,
Plus meschant qu'il n'estoit habile,
Troubla l'Eglise et nostre Estat.
Il nous fit observer ses vœux,
Fascheux ministre et plein d'audace,
Nous rendant humbles et si gueux
Qu'il nous fit porter sa besace.

IV.

POUR LE CARDINAL DE RICHELIEU. — Inédit.

Icy dessoubs ce marbre gist
Un corps qui seul fut tout esprit,
Un serviteur qui fut sans maistre,
Qui commandoit aux rois sans l'estre,
Qui ne fit mal que pour le bien,
Bref qui fut tout et n'est plus rien,
Qu'un bruit d'eternelle durée ;
Passant, qui connus ses hauts faits,
Demande au ciel pour luy la paix
Qu'il t'auroit bientost procurée.

V.

POUR UN PETIT LAQUAIS. — Inédit.

Cy-gist Colin, qui dans sa vie
Fut la calle la plus jolie
Que jamais nature forma ;
Jamais calle avec tant d'adresse
Ne porta juppe de maistresse,
Et jamais si bien ne porta
Billets galants que celle-là.

Colin n'avoit jamais de galle,
Ce qui n'arrive guère à calle.
Il estoit beau comme le jour ;
Venus pour calle avoit l'Amour,
Colin l'estoit de Meligene.
Ces calles auprès de leur reine
Leur rendirent mille devoirs,
Et n'eurent pas mesmes pouvoirs.
Amour fit tant que la déesse
Eut dans le cœur de la tendresse,
Mais Colin ne put inspirer
Les desirs qui font souspirer.
Sa dame, tousjours insensible,
Fut aux amans inaccessible,
Dont il eut tant de desplaisir
Que la Parque le vint saisir.

VI.

Cy gist un homme extr'ordinaire :
Quand tu sçauras ce qu'il put faire,
Passant, tu seras bien surpris ;
Il a fait comme Dieu le pere,
Qui, sans avoir connu la mere,
Ne laissa pas d'avoir un filz.

VII.

Cy-gist qui duppa tout Paris,
Il trompa jusques à sa mere,

Il se fit à trente ans le filz
D'un qui ne fut jamais son pero.

VIII.

AUTRE SUR LE MÊME. — Imprimé, p. 28.

Cy-gist un prodige du temps,
Sa naissance fut un mystere ;
Tous les peres font leurs enfans,
Cet enfant avoit fait son pere.

SUPPLÉMENT

PIÈCES OUBLIÉES OU NOUVELLEMENT DÉCOUVERTES

CONTRE UN MAUVAIS RIMEUR. — Imprimé, p. 13.

Tircis fait cent vers en une heure,
Je vais moins vite et n'ai pas tort.
Les siens mourront avant qu'il meure,
Les miens vivront après ma mort.

VERS

POUR MADEMOISELLE DE SAINT-LOUIS, UNE DES FILLES DE LA REINE, ET DEPUIS
MADAME DE FLAVACOURT. — Imprimé, p. 20.

Amour, vis-tu jamais un si parfait ouvrage ?
Que ces beaux yeux sont doux, que leurs traits sont perçants !
Et qu'il est malaisé d'empêcher que mes sens

Ne soumettent mon ame aux lois de son servage !
Jamais une beauté ne piqua davantage ;
Elle me plaît en tout, et ses charmes puissans
Sont plus à redouter plus ils sont innocens,
Et moins elle y consent et plus elle m'engage.
Sa grace et son esprit ensemble egalement
Partagent le pouvoir d'acquerir un amant.
Ses rares qualitez la rendent sans seconde.
Et pour dire quelle est cette merveille, amour,
Elle porte le nom du plus grand roy du monde,
Joint à celuy qu'au ciel il aura quelque jour.

SONNET.

IMITÉ DE CELUI DE BENSSERADE. — Imprimé, p. 1 7.

Job eut des biens en abondance ;
On le vit en tout prosperer ;
Le ciel voulut les retirer
On admira sa patience !

Si toutefois dans la souffrance
On le voit un peu murmurer,
Celui qui meurt sans soupirer
Temoigne encor plus de constance.

Dans les plus fâcheux accidens,
Il se donna des confidens,
Il n'eut point de maux incurables :

Son tourment ne fut point caché,
On le sceut, on en fut touché ;
J'en connois de plus misérables.

III.

QUATRAIN — Imprimé, p. 62.

J'ay soupiré cent fois pour l'ingrate Sylvie
  Sans fleschir son cœur rigoureux.
J'estois le plus parfait de ceux qui l'ont servie,
  Car j'estois le plus amoureux.

IV.

SONNET. — Imprimé, p. 73.

Quand à mon âge l'on soupire,
Le cœur percé de mille coups,
L'un me plaint et l'autre m'admire
D'avoir des sentimens si fous.

S'il m'estoit permis de leur dire
Que je ne souffre que pour vous,
Loin de condamner mon martire
Sans doute ils en seroient jaloux.

Je sçay bien que les destinées
Ont mal compassé mes années ;
Ne regardez qu'à mon amour :

Peut-estre en serez-vous esmeüe :
Il est jeune ; il n'est que du jour,
Belle Iris, où je vous ay veüe.

V.

VERS A M. DE THOU, AMBASSADEUR EN HOLLANDE.

Durant que vous estiez en France,
  Le monde frondoit haultement,

Ne pouvant souffrir l'Eminence ;
On l'adore presentement.
    Lustu cru ?

On le croioit d'intelligence
Avec dou Louis de Haros,
Pour troubler l'Espagne et la France ;
Ils ont mis seul tout en repos.
    Lustu cru ?

Ils ont conclu le mariage
De l'Infante et de nostre Roy,
Contre la volonté, je croy,
De l'Empereur, dont il enrage.
    Lustu cru ?

Aucun ne vouloit espouser
Les niepces de Son Eminence ;
Maintenant, on voit refuser
Tous les plus grands seigneurs de France.
    Lustu cru ?

Le genereux et grand Condé
Qui s'opposoit à nos conquestes,
Au lieu d'estre à la Cour frondé,
Est le dieu de toutes les festes.
    Lustu cru ?

Dans Londre à present les bourgeois
Ne veullent plus de republique ;
Aimant mieux obéir aux rois
Qu'à la puissance tyrannique.
    Lustu cru ?

Lorsque Beaufort n'estoit pas sage,
Il faisoit aux halles l'amour ;

A present nos dames de cour
Le recherchent en mariage.
    Lustu cru ?

VI.

SUR LA RETRAITE DE Mme LA DUCHESSE DE SCHOMBERG AUX MADELONNETTES

(Vers 1684.)

Les actions de Hautefort
Ayant tousjours paru fert nettes,
Tout le monde s'estonne fort
Qu'elle soit aux Madelonnettes.
    Lustu cru ?

Et que Ninon la desbauchée,
Ne voulant plus faire l'amour,
Se trouve aujourd'huy recherchée
Des plus devotes de la cour.
    Lustu cru ?

VII.

PORTRAIT DE Mlle LEUVILLE, FAIT PAR M. SANGUIN

De rire j'ay beaucoup d'envie,
Quand j'entens parler de la vie
Que chascun dit que vous menez.
L'un dit : elle met son grand nez
Partout, et n'est point de famille
Que sa forte langue ne pille,
En donnant au tiers et au quart
Tousjours quelque joly brocart.
L'autre dit : c'est une fantasque,

Qui va le plus souvent sans masque,
Quoyque son teint soit blanc et net;
Qui n'a suivante ny vallet,
Qui ne mange que des carotes ;
Qui va de son pied dans les crotes,
Et maltraitte ainsy son corps gent
Afin de jouer son argent.
Un autre dit : elle est heureuse
De contrefaire ainsy la gueuse,
Et ne point manquer de ducats :
De cet esprit faut faire cas,
Sans doute qu'elle en sçait bien d'autres.
On dit que Dieu et ses apostres
Ne sont pas bien dans son esprit,
Et ne croit point en leur escript.
Pour moy qui ne m'estonne guere
De ce que prosne le vulgaire,
Et comme exempt de passions
Puis juger de vos actions,
Je dis : elle est de bonne race,
Possedant la meilleure place
Qu'icy-bas l'on sçauroit avoir;
Elle n'est point soubs le pouvoir
De mary, de pere et de mere ;
Elle est bien soubs la main d'un frere,
Qui par bonheur n'est qu'un manchot.
Le compagnon n'est pas un sot,
Car malgré vous il prend la peine
De conserver vostre domaine,
Et qu'un jour il heritera
De l'argent qu'il vous laissera.
Enfin, si j'avois à renaistre,

Et dans ce monde heureux paroistre,
J'apprendrois de vous le moyen
D'estre fille et femme de bien,
Et de me conserver si sage
Au milieu du libertinage.
Ceci n'est pas une peinture
Que l'on appelle mignature,
Ou bijou qu'on faict sur l'email,
C'est un tableau dont le travail
N'estant point flatté de son maistre,
Vous fera d'un chascun connoistre.

VIII.

QUATRAIN.

(Scarron ayant défié le cardinal Mazarin de le rendre heureux, et luy ayant proposé de l'essayer en luy faisant une bonne pension, on luy respondit par ce quatrain).

Ne vous affligez plus, beau faiseur de chansons,
La Reyne a commandé qu'ici l'on vous pardonne,
Pourveû que vostre rousse et suante personne
Change, durant l'esté, quelquefois de chaussons.

(Msc. 7228.)

IX.

SUR UN FEU D'ARTIFICE QUE LE MARESCHAL D'ESTRÉE DONNA A LA PLACE ROYALE.

Bonhomme aux yeux de ratine,
Vous avez l'âme bien fine
D'allumer un si beau feu;

Quand la force naturelle
Manque à un Jean de Nivelle,
L'artifice fait son jeu.

X.

SUR NINON.

Tous les blondins chez moy vont à l'escole,
Pour faire leur salut ;
Je veux sauver Duras, Dangeau, Briolle,
Et c'est là tout mon but.
Honny soit-il celuy qui mal y pense !
Je fais penitence, moy,
Je fais penitence.

Le poëte Saint-Pavin fut aussi l'un des habitants de la place Royale,
témoin les vers suivants, d'ailleurs médiocres, que j'ai retrouvés sous le
nom de M. Sanguin, dans un manuscrit de la Bibliothèque Impériale,
n° 1015 du Suppl. francois, p. 34.

XI.

RETRAITE D'UN VIEL COURTISAN. — Inédit.

Pour passer sagement ce qui me reste à vivre,
J'ay quitté sans regret le fracas de la Cour,
La chasse, le grand jeu, la passion d'amour ;
Un chemin different à present je veux suivre.

Le Louvre j'ay changé pour la Place Royalle,
J'y trouve des douceurs qui flattent mon desir ;
Tout se rencontre là ; je n'ay rien qu'à choisir,
Chascun selon son prix sa marchandise estalle.

Dans les beaux logemens où je fais mes retraittes,
Je prends selon mon choix pour conversation
Janssenistes, prelats, gens de devotion,
Precieuses aussy, quelquefois des coquettes.

Lorsque ces dites gens j'ay fort entretenues,
Je viens me divertir en mon petit reduit,
Et là, me dorlottant chaudement et sans bruit,
Je ne crains les filoux qui volent par les rues.

Mesme, pour eviter de passer à la nage
Le ruisseau du voisin, lorsqu'il pleut dans l'hyver,
Et qu'il faut les brouillars et frimas esquiver,
J'ay percé les logis de tout le voisinage.

Loing des lieux desbauchez à present je m'escarte,
Conservant ma santé, sans l'art du medecin ;
Je vis paisiblement, fort reglé, sans chagrin,
Et j'ay par ce moyen guery ma fievre quarte.

FIN DES POÉSIES DE SAINT-PAVIN.

TABLE DES MATIÈRES

Paris.— Imprimerie de A. Wittersheim, rue Montmorency, 8.

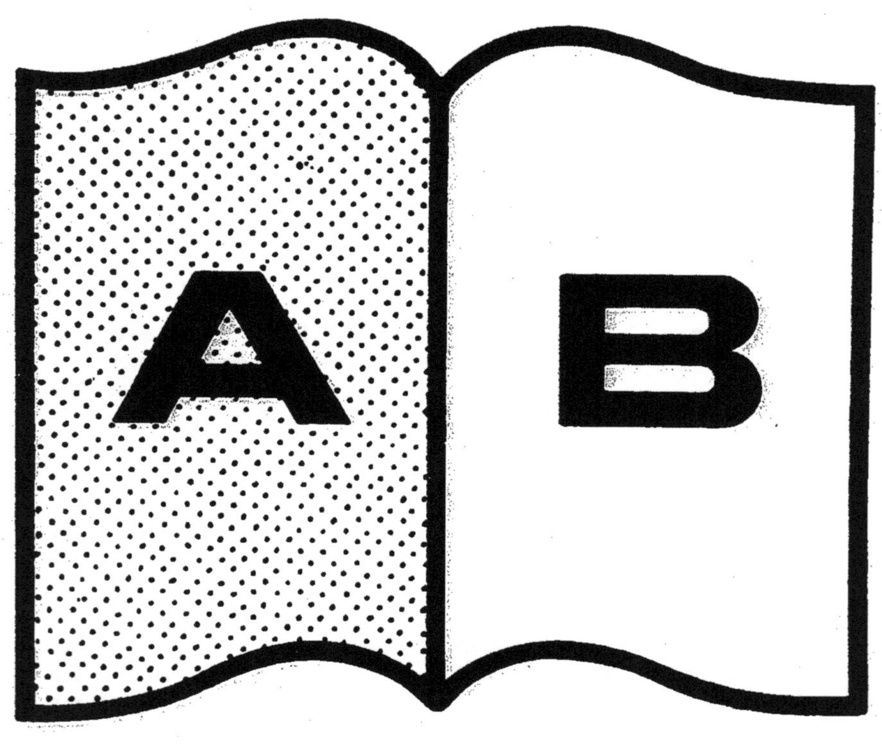

Contraste insuffisant

NF Z 43-120-14

www.ingramcontent.com/pod-product-compliance
Ingram Content Group UK Ltd.
Pitfield, Milton Keynes, MK11 3LW, UK
UKHW021231140726
13695UKWH00002B/887